「わたし、呪いがかけられているせいで、魔法がうまく使えないの。あなた、相当な魔術師でしょう？呪いの解き方とか知らない？」

「ほう……呪いか。診断する前に解ける、などとは言えないが、どれ、診てあげよう」

「……う、ぬ、脱がなくては駄目……？」

魔王を討伐した豪腕勇者、商人に転職す
～アイテムボックスで行商をはじめました～

相木ソウヤ
セイジ
ライアー

古代文明時代の
遺跡探索！
ジン
ソフィア
フィーア
ミスト

「くうたあばれえええー！」

ミストの絶叫。

竜爪槍がコアを刺し貫き、そして砕いた。

その瞬間、ゴーレムの体だった岩が
ボロボロと砂に変わり、飛び散った。

柊遊馬
ill. ギザン
魔王を討伐した豪腕勇者、商人に転職す
～アイテムボックスで行商をはじめました～
3

口絵・本文イラスト　ギザン

CONTENTS

Presented by YumaHiiragi
and Gizan

MAO WO TOBATSU SHITA
GOWAN YUSHA
SHONIN NI TENSHOKU SU

プロローグ

フルカ村。そこは人口五十人ほどの小さな集落である。豊かな森に囲まれ、獣《けもの》を狩《か》る狩人《かりゅうど》が多い村だった。

「――なんだ、これ……」

ソウヤは、目の前の光景に言葉を失った。

前回、来た時は、それはそれはのどかな村であり、外部から行商にやってきたソウヤたち銀の翼《つばさ》商会も、穏《おだ》やかに歓迎《かんげい》してくれた。

浮遊《ふゆう》バイクに牽《ひ》かれた車で来ると、初見はびっくりされるのだが、狩りで鍛《きた》えた目の良さ故か、こちらが賊《ぞく》ではないのをすぐに理解し、商売に応じてくれたのだ。

この村の狩人は、森で狩った獣の肉や素材を外に売って生活に必要なものを購入《こうにゅう》する。森を恐《おそ》れて商人が寄り付かないから、ソウヤたちが来てくれて、彼《かれ》らは喜んでくれた。また楽しく交流を――ソウヤは期待を膨《ふく》らませてフルカ村にやってきたのだが。

「人の気配がしないわ」

MAO WO TOBATSU SHITA GOWAN YUSHA SHONIN NI TENSHOKU SU

霧竜《きりりゅう》――長い黒髪《くろかみ》の美しい少女の姿を取るミストが、眉《まゆ》をひそめる。

静まり返った村の中。建物はそのままだったが、壁《かべ》に穴が空いていたり、柵《さく》が壊《こわ》れているなど破壊《はかい》や争った跡《あと》が見られた。

「死の臭《にお》いだ」

元暗殺者であるガルが、ソウヤに振《ふ》り返り、探索《たんさく》の許可を求める合図を送ってきた。ソウヤが頷《うなず》くと、美青年暗殺者は、村の中へと入っていった。

ソウヤは後ろ――浮遊バイク『コメット』号に乗るセイジと、荷台に乗るソフィアを見た。二人とも、不安げな表情をしている。

無理もない。前回に来た時との落差が大き過ぎた。ソウヤは、手でこちらへ来るように合図する。

「村の中を見てくる。民家を盾《たて》に警戒《けいかい》してくれ」

「わかりました、ソウヤさん」

素朴《そぼく》な少年であるセイジは素直《すなお》に応じると、ソフィアが心配を露《あら》わにする。

「敵がいるの?」

「わからん。だから警戒するんだよ」

何かがあったのは間違《まちが》いない。ソウヤたちがやってきても、村人が一人も現れないのが、さらに不安を煽《あお》る。

——最悪の展開だと、全滅《ぜんめつ》か。

どうしてこうなったのか。一体何が起きたのか。一瞬《いっしゅん》、疫病《えきびょう》かもしれない、と背筋が凍《こお》ったが、それなら村の到《いた》る所《ところ》に見られる破壊の跡が説明がつかない。

「盗賊《とうぞく》の類《たぐ》いか」

「かもしれないわね」

ミストは竜爪槍《りゅうつめやり》を手に、村を見て回る。ソウヤも足を動かす。

結果的に、いい話は一つもなかった。悪い予感は的中し、フルカ村の住人は全滅したようだった。

村人の遺体を検死したガルは、その怜悧《れいり》な表情に何の感情も浮《う》かべず淡々《たんたん》と報告した。

「……人間の賊ではないのは間違いない」

「根拠《こんきょ》は？」

「特に物を盗《と》られた様子はない。民家には、金目のものが残っていた」

盗賊なら、価値のあるものは全《すべ》て持ち出す。肝心《かんじん》のお金を、彼らが残すはずがない。

「……こういうものも、放置はしておかないだろう」

「何だ？　——地図か？」

古びた紙は、どうやら地図のようだった。ご丁寧《ていねい》に、とある場所にバツ印が刻まれていた。文字もあるが、どこの文字かわからず解読できなかった。

「何かは知らないが、お宝の地図っぽいな」

「ただの紙切れと思って無視された可能性もあるが」

金品目的ではなかったようだから、残っていて当然かもしれない。ガルが移動してしまったので、元の場所がわからない地図を、ソウヤは、アイテムボックスにしまった。セイジが口を開く。

「じゃあ、何でこの村は襲《おそ》われたんです？」

「魔族《まぞく》の仕業《しわざ》よ」

ミストが断言した。

「まだ微妙《びみょう》に連中の臭いがするもの」

如何《いか》にも臭いと言わんばかりに、鼻をつまむミスト。そしてガルの目が鋭《するど》さを増した。

魔族――人類に対して敵対的な種族。十年前の、魔王《まおう》とその軍勢との戦い以降、大きな動きはなかったのだが、ここ最近、魔族絡《がら》みの事件が増えている。

ガルの所属していた暗殺組織の騒動《そうどう》。ライバル組織が魔族に乗っ取られ、抗争《こうそう》になったのは、彼にとって悪夢であり、魔族への憎《にく》しみを抱《いだ》く理由となっている。

ソウヤは小さく首を振った。

「……連中ね」

確かに、村人の死体を見れば、大きな力で両断されたものもあれば、鋭利《えいり》な刃《やいば》で急所を裂《さ》いたものもある。殺しの手口が違《ちが》うのだ。

どの建物も、何者かが強引《ごういん》に踏《ふ》み込《こ》んだらしく、扉《とびら》が破壊されていた。そして村人は老《ろう》若男女《にゃくなんにょ》問わず、冷たくなっていて、ミストが魔力《まりょく》スキャンをした通り、生きている者は皆無《かいむ》だった。

「奴《やつ》らは何故《なぜ》、この村を襲った……？　魔王軍の残党が、人間に対して攻撃《こうげき》を仕掛《しか》けた——それを知らしめるには、フルカ村ではインパクトがない」

何か目的があるはずだ。考えるソウヤに、ガルが言った。

「……死体が奇妙《きみょう》なものがいくつかあった」

「どう奇妙なんだ？」

「表情」

ガルは、やはり感情を込めずに言った。ミストも手を叩《たた》いた。

「そうそう、何人かおかしな表情のものがあったわ」

試《ため》しに、というので、ソウヤはミストに続き、それを確認《かくにん》する。

「……いったい何があったら、こんな表情になるんだ？」

驚《おどろ》きに目を見開き、大きく口を開けている顔。奇襲《きしゆう》でもされた……にしても、この驚愕《きようがく》っぷりで固まっているのは違和感《いわかん》だった。武器で攻撃される時、死を覚悟《かくご》した時、とっさに目を閉じたり、顔を逸《そ》らすものだろうに。

「まったくわからんな」

ソウヤは腕《うで》を組むが、ふと、ソフィアがいないことに気づく。

「そういえば彼女《かのじよ》は？」

「ん」

ミストが自身の後ろを親指で指さした。浮遊バイクの荷車に寄りかかっているソフィア。おそらく村人の遺体をたくさん見て、気分が悪くなったのだろう。

ソウヤは勇者時代に、この手の虐殺《ぎやくさつ》現場を何度か経験している。胸くそは悪いが、ある程度慣れているが、ソフィアはそうはいかなかっただろう。

——正しい反応だ。

ミストはドラゴンで、人間の死にそれほど気分は影響《えいきよう》されない。ガルは職業柄《しよくぎようがら》、耐性《たいせい》がある。セイジも、冒険者《ぼうけんしや》を志し、ポーターをやっていた頃《ころ》から、割と死が近いところにあって慣れっこだったらしい。

セイジが口を開いた。

「村人の遺体はどうします？」

「埋《う》めてやろう。そのうち、森の獣がやってきそうだ」

死体を荒《あ》らされるのもよろしくない。

・・・

遺体を埋葬《まいそう》した後、フルカ村を離《はな》れ、ソウヤは終始無言だった。

他《ほか》の面々もお喋《しゃべ》りをする気になれず、完全にお通夜《つや》状態だった。フルカ村の住人との付き合い自体は、まだ一回しかなかった。全員の顔も覚えていない。村長から聞いていた人数より多くの遺体が確認されたので、村人の全滅はほぼ確定だろう。後は外部から訪《おとず》れていた者が数人いたようだが、それらも巻き込まれたようだった。

「冒険者ではないが、盗賊という風でもない。武器は持っていたようだが」

何とも場違《ばちが》いな青いローブを纏《まと》っていた男たちだった。宗教関係者のように見えたが、色が鮮《あざ》やかすぎて違和感がある。なお、例の地図を持っていたのもそのうちの一人だった。

それにしても、一体誰《だれ》がこのような惨事《さんじ》を引き起こしたのか？

現場検証をしたガル曰《いわ》く、犯人は二人組だそうだ。二足歩行で人型。尻尾《しっぽ》などは持っていない、もしくは地面などにつかない程度の長さ。

人間か、あるいはそれに近い亜人《あじん》、そして最近疑わしい魔族だと思われる。

犯人たちは、深夜に一軒《けん》ずつ家をまわって住人を殺した。大人も子供も、老人も関係なく。抵抗《ていこう》した者もいたが、刃物《はもの》で切りつけられたり、体を分断されていた。恐ろしく切れ味のいい刃のついた武器を使っている。鈍器《どんき》はない。

深夜に扉をぶち破る騒音《そうおん》が聞こえたはずなのに、村人の反応が鈍《にぶ》いところからみて、犯人の片方、もしくは両方が魔法《まほう》を使えるのではないか、と推測される。消音の魔法とか、あるいは結界を張って音を遮断《しゃだん》した可能性がある。

ソウヤの表情は曇《くも》る。

何故、村人全員が殺されたのか。考えても動機がわからない。

略奪《りゃくだつ》でもなく、村を焼き払《はら》うでもなく、ただそこにいた人だけを殺す。それに何の意味があるのか？

――意味はあるはずだ。何の理由もなく、殺人をするわけがない……。

不可解な事件には、魔族が関《かか》わっている――決めつけはよくないが、そうでも思わないとやっていられなかった。

フルカ村を襲った殺人鬼《さつじんき》どもに、静かな怒《いか》りがこみ上げる。女子供も容赦《ようしゃ》なく殺した犯人たち。

——もっと手掛《てが》かりがほしい。そしてフルカ村の仇《かたき》をとってやりたい！

ソウヤは、まだ見ぬ殺人鬼たちへの怒りをため込む。気がかりなのは、他の集落などが、その殺人鬼に襲われないかどうか。相手が魔族であるなら、人間への襲撃《しゅうげき》に、何ら躊躇《ためら》う理由はないのだから。

第一章　とある行商活動

ウェヌス騒動が落ち着き、ガルが正式に銀の翼商会に加わった。

戦闘《せんとう》・探索要員ではあるが、昼間は行商のほうも手伝ってもらうかもしれない、とソウヤは思った。

基本的に、辺境集落で商売する時以外は、ダンジョンとかモンスターが蔓延《はびこ》る平野などで客を相手にすることがあるから、周辺警戒要員はいてくれると心強い。

だが、ガルの黙《だま》っていてもイケメンというのは、売り子として活用できないか、とソウヤは考える。ソウヤ自身が、商人というより冒険者という風貌《ふうぼう》をしているせいでもあるのだが……。

冒険者などを相手にするなら、むしろソウヤのように『強そう』なルックスはありだが、一般人《いっぱんじん》だと『怖《こわ》そう』が先行してしまうのだ。

行商として来ても、ならず者とまではいかないにしろ、傭兵《ようへい》や粗野《そや》な冒険者に見られて敬遠される、なんてこともあるかも、と結構気にしているソウヤである。

閑話休題《かんわきゅうだい》。

週に一回の行商巡回《じゅんかい》。銀の翼商会として、人が中々巡《まわ》らない田舎《いなか》に行って行商活動をする。荷車付き浮遊バイクが来ると、手の空いた村人がやってくる。

——ここは大丈夫《だいじょうぶ》そうだな。

フルカ村のことがあって、魔族の襲撃が及《およ》んでいないか心配になるソウヤである。

まず村長の家で、変わりがないか話を聞きに行く。

「セイジ、任せるぞ」

「行ってらっしゃい」

セイジに見送られて、ソウヤは村長と情報収集兼《けん》、商談。その間に、家の前で個々の村人を相手にした商売が始まる。

ソウヤがいない間は、セイジが仕切る。彼は、ガルやソフィアに品の陳列《ちんれつ》や移動を指示する。

ガルは文句も言わず、指示に従うが、ソフィアはあからさまに嫌《いや》そうな顔をする。

「なんでわたしが……」

「これも修行《しゅぎょう》よ、働きなさーい」

荷車の上に座《すわ》り、見張り役と称《しょう》してのんびりしているミストである。それが貴族令嬢《れいじょう》であるソフィアには面白《おもしろ》くない。

「師匠《ししょう》ー、ずるいー」

「悔《くや》しかったら、魔法で物を浮遊させて移動させなさいな」

「むぅ……」

ソフィアは口をへの字に曲げる。

「カードを使っても？」

「およしなさいな、もったいない。使ったら、おかず一品ナシね」

自分で料理をしないのに、ミストは言うのである。しぶしぶソフィアは働く。

そうこうしているうちに、村人が持ち寄った品と、銀の翼商会の商品の交換《こうかん》、または売買が始まる。

持ち寄られた野菜や果物、狩られた獣の解体済みの肉などが、生活雑貨や、村では手に入れられない品と交換、売り買いされる。これらをセイジが、品の状態などを加味して取り仕切っていく。

品の個数や状態、売買の記録、それらを当たり前のように帳面に記しながら、村人と商談を進めていく。

「はぇー……」

ソフィアは、そんなセイジを見て感心させられる。

「セイジって、派手さはないけど器用よね」

品を並べ終わったソフィアは、ミストと同じく荷車に上がって様子を見守る。ミストは笑った。

「彼の独壇場《どくだんじょう》よね。お金のやり取りは、彼に任せておけば完璧《かんぺき》よ」

「師匠は、売り買いのほうは手伝ったりは？」

「ワタシは物に値段をつける習慣がなくてね」

ミストは悪戯《いたずら》っ子のような笑《え》みを浮かべる。

「人間の感覚というのはわからないわ」

「わたしもわからないかなー」

ソフィアは、セイジが村人から受け取っているオレンジのような果物を見やる。

「あれ一個が幾《いく》らなのか、知らないし」

「場所によって値段はバラバラ。どこでも同じ値段で買えると思ったら大間違《おおまちが》いよ」

「そうなの？」

引きこもり貴族令嬢であるソフィアは目を丸くした。ミストはフフと笑った。

「だから、こういうところで仕入れたものを、より高く売れる場所へ行って売るのよ」

「へぇ……」

頷くソフィアだが、そこでふと自分に向けられている視線に気づく。村の若い男たちがじっと見つめているのだ。

「な、なに……?」

「外から来た美少女は、刺激《しげき》が強すぎるのよ。ワタシも最初に来た時は、それはそれは注目されたものよ」

ミストは、隣《となり》のソフィアにもたれるように密着した。遠巻きに見ていた男衆が、何やら赤面している。

「こういう田舎の若者は、同じ村の異性と付き合ってくっつくらしいわ。だから、ヨソから来た異性には、ドキドキしてしまうんだって」

「……うわぁ」

ソフィアが引いている。無骨な田舎者《いなかもの》は、お気《き》に召《め》さないようだった。

「何も男だけじゃないわ。今回は、若い娘《むすめ》も――」

ミストの視線を辿《たど》れば、村娘たちに取り囲まれているガルの姿があった。

「昼間は美形なのよね、彼」

「……うー」

獣のように唸《うな》るソフィア。とても面白くない光景だった。何故《なぜ》だかわからないが。

「……あなたも、イケメンに発情したの？」

「はっ、発情⁉」

思いがけない言葉に、ソフィアが狼狽《うろた》える。それはつまり、ソフィアがガルに好意を抱いているという解釈《かいしゃく》ができるわけで……。

「なんでそうなるのよ！　わたしは別にガルのことなんて、どうとも思ってないわよ」

「あやしぃー。動揺《どうよう》して、可愛《かわい》い」

「動揺してない！」

ソフィアは周囲に見られていると思い視線を走らせたが、そこでとある視線に気づき、指さした。

「そこ！　わたしは動揺していないんだからねっ！」

セイジだった。商売の手を止めて、荷車を見上げている彼の視線が痛く、ますます恥《は》ずかしくなっていくソフィアだった。

「そ、そ、それより、あ、あなたはどうなの、師匠。ソウヤとはどうなのよ？」

「どうって？」

ミストがキョトンとする。真顔になって返されると余計に言葉に詰《つ》まるソフィアである。

「だ、だから、付き合ってたりは、しないの……？」

「うーん、ワタシとソウヤは相棒。まあ、愛してはいるけれど、ワタシと彼ではねぇ。子供ができるわけじゃないし」

「こ、子供っ⁉」

ソフィアは、狼狽《ろうばい》ぶりが激しい。ミストは、そんな彼女の顎《あご》に手を当てた。

「ひょっとして、あなた、ソウヤを狙《ねら》っているとか？」

「いや、ないないない！　だってあの人、わたしより年上じゃない！」

年齢差《ねんれいさ》がある以上、恋愛《れんあい》感情は持ちにくいとソフィアは思った。もっとも貴族の社会では成人男性が幼女くらいの年頃《としごろ》の娘を嫁《よめ》にとるというのは珍《めずら》しくなかったりする。年の差《とし　さ》婚《こん》は割と普通《ふつう》にあるのだ。ただ、個人的にどう思っているかは、別の話である。

「それだったら、まだセイジやガルのほうが――」

「へえ……。あなたはどっちが好みなの？」

「どうして、そう聞くかなぁー！　……だから、そこ！　こっち見んな！」

セイジやガルの視線に耐《た》えられなくなり、ソフィアは荷車の反対側へと避難《ひなん》する。ミストは「あらあら」と笑う。

「ほら、セイジ。お客様を待たせない。ガル！　若い娘とイチャつくのは後にして、仕事仕事！」

・・・

「――外が賑《にぎ》やかですな」

村長の言葉に、ソウヤは苦笑《くしょう》する。

「ええ、お騒《さわ》がせします」

「銀の翼商会さんが来てくださると、村に活気が出ますわい」

七十代にも見えるラウガ村の村長は、ふさふさのヒゲを撫《な》でる。

こんな片田舎《かたいなか》で、外見通りの年齢《ねんれい》だとするとかなりの長生きだ。その姿も、どこか仙人《せんにん》のようである。

ソウヤの元いた世界に比べて寿命《じゅみょう》が短い傾向《けいこう》にある。モンスターなどの脅威《きょうい》はもちろん、病気や衛生面で中世とそれほど変わらない。赤《あか》ん坊《ぼう》の生存率も現代のように高いとは言えないのも影響している。

それはさておき、ソウヤは村長との商談を進める。

村で必要なものをリストアップし、それをソウヤが受け取る。村人で話し合ってお金を出し合って購入するのは、備品だったり薬だったりする。銀の翼商会で取り扱《あつか》っている商品であれば、その場で売買し、なければ後日、仕入れて届けるのである。

「それで『武器』のほうはどうです？　傷《いた》んだりはしてませんか？」

「ああ、問題はない。この間、若《わか》い衆《しゅ》がグレイボアを仕留《しと》めたんだがね、大した武器じゃったそうな」

「村人に怪我《けが》は？」

灰色猪《いのしし》が出たという。言ってみれば、普通の猪なのだが、やりようによっては大怪我《おおけが》どころか返り討《う》ちになることも珍しくない。

「そちらも軽傷で済んだ。村の薬草で、快方に向かっておるよ」

「それは何よりでした」

「銀の翼商会から借りた武器がなかったら、危なかったとも言っておったがの」

村長は歯の少なくなった口を開けて笑った。

現在、銀の翼商会は、田舎集落において、武器のレンタル業をやっている。モンスターが跋扈《ばっこ》する世界である。村の外はどこに危険があるかわかったものではないが、出て行かなくてはならない用事だってある。

そういう時の護身用に武器を貸し出しているのだ。通常、武器を購入するのは高くつくのだが、ソウヤは、レンタル代金だけ頂戴《ちょうだい》している。紛失《ふんしつ》したら、弁償金《べんしょうきん》を支払《しはら》ってもらうという契約《けいやく》でレンタルしているので、転売は不可。……もしされたら、オトシマエをつけさせてもらう。

村長は言った。

「銀の翼商会は、こんな田舎にまで足を運んでくれるから、助かっとるよ」

「冒険者ギルドもなく、近場の町のギルドへ行っては往復で数日の道のり。冒険者を雇《やと》うのも難しいが、銀の翼商会が来てくれるからのぅ」

「ま、うちらも冒険者ですからね」

冒険者ギルドには仕事が集まるが、遠方への出張依頼《いらい》は、時間もお金もかかるから敬遠されがちだ。依頼するほうも、モンスターや盗賊が出る道中の危険を冒《おか》さねばならず、命《いのち》懸《が》けである。

だがそういう冒険者が地方に来てくれる、というのは、これまでありそうであまりなかったことだった。せいぜい引退冒険者がセカンドライフを送るために来て、用心棒まがいのことをする程度か。

ソウヤは、行商と同時に冒険者である面も利用して、その村や集落で冒険者的依頼があれば、それを遂行《すいこう》した。ガルにソフィアと頭数が増えたから、以前より少しできる仕事が増えるだろう。

大抵《たいてい》はモンスター討伐《とうばつ》だが、倒《たお》したモンスター素材は銀の翼商会で自由にしていいという話になっている。

「あー、そうそう。この間、回収した材木、よそで売れたので少ないですが、どうぞ」

ソウヤは、村長に硬貨《こうか》の入った小さな革袋《かわぶくろ》を差し出した。

「いやいや、処分に困っていたのを回収してもらっただけなのに、銭《ぜに》までいただいて。かたじけない」

安く仕入れて高く売る。商人の鉄則だが、ソウヤは村々を回ると、そこで不要とされる物や廃品《はいひん》を回収している。

本当に使えないゴミはアイテムボックスのゴミボックスに投棄《とうき》。余剰《よじょう》な材木だったり、石だったり、よそで売り物になる可能性があるものは保存しておく。

所変われば品変わる。とある場所では余っていても、余所《よそ》では不足しているから喉《のど》から手が出るほど欲《ほ》しいこともある。

問題は、その欲しい場所へ輸送する能力。徒歩の旅が基本の世界で、運べる量など高が知れているので、それ以上の輸送と広い範囲《はんい》をカバーできる銀の翼商会は、田舎集落に新たな金をもたらした。

一通りの商談と、昨今の村の様子などを話し合った後、ソウヤとラウガ村の村長は握手《あくしゅ》を交《か》わした。

「今後とも、よろしくお願いします」

「こちらこそ」

・・・

商品リストを受け取り、ソウヤは冒険者業務も確認した。村長の家の前での商売もほぼ終了《しゅうりょう》していた。

「終わった？」

ミストが聞いてきたので、ソウヤは手を振った。

「おう。討伐依頼《とうばついらい》もないし、次の集落へ行くぞ」

「魔物《まもの》退治はなしー？　しょうがないわね」

行商合間の、冒険者業務が本業みたいなミストである。敵がいないのでは仕方がない。

ソウヤとしては、フルカ村のことがあって、何事も起きていないことにホッとしていた。

皆《みな》で後片付けをしつつ、ソウヤはセイジと、売り上げを確認。村長宅での注文などを照合しつつ、調達の必要があるものを確かめる。

「まずまず、と言ったところですかね」

「ぼちぼちだな。まあ、こんなもんだよ」

ソウヤが言えば、セイジは神妙《しんみょう》な表情になった。

「僕《ぼく》らって、村に泊《と》まったりはしないですよね……」

「そうさな。普通の行商なら、立ち寄った集落でお世話になって、ささやかな宴《うたげ》とかやるんだろうな」

だが――と、ソウヤは言った。

「オレらがそれやったら、とても回りきれないぞ。……泊まりたいのか？」

「いいえ」

セイジは首を横に振った。

「ただ、交流の時間は少なくなりますよね」

「……お前、好みの娘《こ》でもいたのか？」

ニンマリとするソウヤ。セイジは慌《あわ》てた。

「い、いいえ、そんなんじゃないですけど。……宴とかで村の人と交流すれば、その村に必要なものとか見えてくるんじゃないかって思っただけです」

「ふーん……。それ、正しいと思うぞ」

ソウヤは、村長宅の裏手の廃品置き場へと移動して、廃品と資材をアイテムボックスに放《ほう》り込んでいく。

「本来の行商は、そうやって商品を厳選したりして商売するんだろう。どこで、誰が、何を必要としているのか……。それは商人としては正しいし、できればそうしたいところもある」

しかし、ソウヤは頷かなかった。

「だが、オレらにはオレらにしかできないやり方がある。それはスピードだ。銀の翼商会の武器ってやつだ」

そこを重視する行商がいてもいいだろう――ソウヤは不敵に笑う。

その時だった。唐突《とうとつ》に気配を感じた。

「!?」

セイジが息を呑《の》む。

それは、突然《とつぜん》背後に現れ、ソウヤのすぐ近くから声を発した。

「動くな」

一瞬構えようとしたが、聞き覚えのある声にソウヤは肩《かた》の力を抜《ぬ》いた。

「あのさぁ、いきなり人の背後に出て『動くな』はなくね？」

ソウヤはゆっくりと振り返り、口元を歪《ゆが》めた。

「カマル」

「……久しぶり、と言うべきなんだろうな、ソウヤ。いや――」

マントを外套《がいとう》のようにまとう男がいた。その男――カマルは手にしていたナイフを、手品のごとく消した。

「元勇者殿《どの》」

「セイジ、こいつは敵じゃないから構えなくてもいいぞ。古い友人だ。今でも友人だよな、カマル？」

「そう願いたいものだな」

「だ、そうだ。セイジ、ちょっと俺《おれ》は席を外すわ」

ソウヤは、目配せして、かつての仲間――カマルを誘導《ゆうどう》した。

「……お前さぁ、再会したのに武器抜くとか、正気かよ」

ぼやくソウヤに対し、カマルは静かに微笑《ほほえ》んだ。

二十代半ばに見えるが、おそらく現在三十。意外と大柄《おおがら》で、細く見えるがその服の下は中々マッシブな肉体をお持ちだ。大昔の英雄《えいゆう》をモデルにした彫像《ちょうぞう》のような印象を与《あた》える男だが、これで諜報《ちょうほう》畑の人間なのが世の中わからないところである。

「わかってはいたが、確認しておく必要があったのだ。お前が本物のソウヤなのか、勇者の名を騙《かた》るニセモノなのかをな」

平然とした顔でカマルは言った。

「……ん？　わかってたが、と言ったか？」

「言った。それがどうした」

「わかってるのに、本物かニセモノか確認するのかよ？　それ必要ない確認じゃね？」

「フフフ」

「ふふふじゃねーよ！　それで何をしにきた？　ここに住んでいるってわけじゃないんだろ？」

ソウヤの勇者時代の仲間である。彼はエンネア王国の諜報員《ちょうほういん》でもあり、連絡《れんらく》やら偵察《ていさつ》活動で、しばしば別行動をとっていたが、仲間であるのは間違いない。

「もちろん、ここの住民ではない。お前に用があったから来た。最近、お騒がせな事件が多くてね」

「……魔族か？」

ソウヤが目を鋭くさせる。カマルは首を横に振った。

「それもあるが、一番はお前の存在だ、ソウヤ」

「は？」

まさか自分の名前が出るとは思わず、ソウヤは目を丸くした。

「何でオレが？」

「巷《ちまた》で噂《うわさ》になっているだろう。勇者の名を騙る商人が現れ、ヒュドラを退治した云々《うんぬん》――王国が気にしていないと思ったか？」

「……あのさ、勇者を騙るって人聞き悪いんでやめてくんね？」

「事実だろう？　公式では、勇者ソウヤはすでに故人だ。その名を使い、商売しているとなると、騙ったといっても過言では――」

「世間じゃ勇者マニアであって、オレは勇者だと公言してないぜ？」

本人を装うのと、別人だと公言しているのとでは大きく違う。……もっとも本物が別人と名乗るのはおかしな話ではあるが。

「そのあたりの確認もしなくてはならなかったのでな。実は以前より、お前たちの行動は見させてもらっていた」

「マジかよ……」

全然知らなかったソウヤである。ヒュドラ退治の知名度アップは、当然、お上の耳にも入っていたということだ。

「それで、上の連中はオレたちをどうしようって言うんだ？」

わざわざカマルを送りつけてくるのだ。何の用もなく、彼《かれ》が現れるはずがない。

「何も。お前が王国に刃を向けることがない限り、手を出さないことが決まった」

「……そいつは何よりだ」

放っておいてくれるのなら、ソウヤにとっても都合がよかった。

勇者の扱いについては、魔王討伐後《まおうとうばつ》、不穏《ふおん》なものがあったと聞いている。英雄が政治に絡《から》むのを恐《おそ》れ、排除《はいじょ》しようと考えていた者もいたらしい。

十年の月日が経《た》ったおかげかはわからないが、手を出されないなら、それに越《こ》したことはない。

「お前、国に復讐《ふくしゅう》しようなどとは考えていまいな？」

「オレを殺そうとした奴がいた話か？　その時オレは昏睡《こんすい》していたからな。別に恨《うら》みはねえよ。そういうの込みで、オレらのことを見ていたんだろ？」

「見ていたよ。だが本心までは、さすがに当人でなければわからない」

カマルは事務的に言った。

「お前が商人になったのは復讐のための軍資金集めと情報収集ではないか、と推測もできるわけだ」

「シャレにならねえな。言いがかりもいいとこだ」

とは言いつつ、そういう見方もできなくはないから、ソウヤは怒《おこ》らなかった。カマルは探《さぐ》るような目を向ける。

「お前が商人をやっているのは、アイテムボックスの中の者を救うためか？」

「ああ、ずっとあのままというわけにもいかないからな」

魔王討伐の旅で傷つき、その命の灯火《ともしび》が消えかけている者たち。まだ死んでいない。それを助けるのも、魔王を討つ戦いにおける勇者の旅の宿題だと思っている。

「そうか……」

カマルは、小さく首肯《しゅこう》した。

「こちらでも、何か掴《つか》んだら知らせよう」

「ありがたい」

いま必要なのは情報だ。

「正直、オレは王国のことをどこまで信じていいものかわからん」

ソウヤは正直だった。

魔王討伐のために支援《しえん》は惜《お》しまなかった。だがソウヤが戦いを終えて昏睡している時、英雄は邪魔《じやま》だと排斥《はいせき》しようとした者がいた。もちろん、すべての人間がそうではなく、純粋《じゆんすい》に勇者を信じてくれた者たちのほうが圧倒的《あつとうてき》に多いだろう。

「だが、カマル、あんたのことは信じてやるよ」

「光栄だ」

それで──と、カマルが暗殺組織絡《がら》みの魔族《まぞく》の話の詳細《しようさい》を聞いてきたので、ソウヤは見聞きしたことを説明した。

「──ブルハか」

「聞いたことは？」

「ウェヌスの幹部だったのは王国でも掴んでいた。だが魔族であることはわからなかった」

逃《に》げた魔族の女魔術師《まじゆつし》が、また何か企《たくら》んでいるのではないか──その点は、ソウヤもカマルも意見の一致《いつち》をみた。

「では、こちらも調査を進める。ソウヤ、有意義な時間だったよ。感謝する」

カマルは言った。

「今後、魔族の動向には王国も注視するだろう。魔王《まおう》で終わったはずの因縁《いんねん》が再燃すれば、来るのは悲劇と暗黒だ。それは絶対に避《さ》けねばならない」

「同感だ」

「ついては、魔族について何か情報を掴んだら、今のようにこちらにも教えてくれ。商人なら、その手の話も早いだろう」

情報収集は、商人の基本。商売をする上で、小さなことでも変化には聡《さと》くなくてはいけない。

「わかった。――ああ、そう言えば、フルカ村の話は聞いているか？」

つい先日の惨劇《さんげき》の村の話をソウヤはした。カマルは難しい顔をして聞いていた。

「初耳だった。わかった、調査する」

「そうしてくれ。あれをやった敵が、あれで終わりとは思えない」

「承知した。それで、今後の銀の翼《つばさ》商会のことだが――」

「おいおい、オレたちには『何も』しないんじゃなかったのか？」

王国が口を出してくるなら、話が違《ちが》うとしか言いようがないが。ソウヤは身構える。

「なに、深く介入《かいにゅう》しない代わりに、こちらも仕事を依頼することもあるという話だ。銀の翼商会は冒険者グループでもあるのだろう？」

「王国の子飼いになれってことか？」

ソウヤは思わず顔をしかめた。カマルは肩をすくめた。

「あくまで依頼だ。王国の手の届かない場所の視察や、危険な敵対魔獣《まじゅう》などの討伐――元勇者殿でなければこなせない仕事をやってもらいたいというわけだ。もちろん、相応の報《ほう》酬《しゅう》は用意する。あくまで依頼だ。それ以上でも、それ以下でもない」

「……仕事ね」

「必要な時に緊密《きんみつ》な連携《れんけい》がとれるのは、いいことだと思うがね」

カマルは事務的だった。

「近いうちにお前、呼ばれるぞ」

――オレ？

「銀の翼商会は調味料も扱っているそうだな。ショーユ、それを持っているなら買いたいそうだ」

カマルは口元に笑みを浮《う》かべた。

「カロス大臣閣下が、お前との会談を求めている」

――カロス大臣。

勇者時代、ソウヤにかなり便宜《べんぎ》を図《はか》ってくれた人物だ。その人が会いたいという。

「個人的にもだが、商談したい、とも言っている」

「……商談ときたか。それなら、応えないわけにはいかないな」

お客のご指名とあれば、行ってやりましょうというものである。ソウヤはカマルに、了《りょう》承《しょう》を伝え、王都に向かうので、ついてからの段取りを調整するように頼《たの》んだ。

「大臣はもちろん、姫君《ひめぎみ》も、本物のソウヤに会いたがっていたぞ」

「ご親切にどうも」

ソウヤは苦笑するしかなかった。死んだことにして、王族や重鎮《じゅうちん》らから距離《きょり》を置こうと思っていたが、中々どうして、うまく行かないものだ。

――これ、断ったりしたら、マズいやつなんだろうなぁ……。

仕事の依頼とあれば、仕方がないのだが。

用は済んだとばかりに踵《きびす》を返すカマル。その背中にソウヤは呼び掛《か》ける。

「なあ、呪《のろ》いを解く――解呪《かいじゅ》の術を得意とする知り合いいないか？」

「何だいきなり？」

「うちのメンツに、呪いを解きたいってのがいるんだが……専門家を知らないか？」

「聖女以外にか？」

その言葉に、ソウヤは眉間《みけん》に皺《しわ》を寄せた。カマルは視線を逸《そ》らした。

「ああ、調べておくよ。ちなみに、その呪いというのは、どういう類《たぐ》いだ？　話によっては探すべき人材も変わると思うが？」

・・・

王都へ行くことになったソウヤたち銀の翼商会。ラウガ村を出て、エンネア王国王都ポレリアを目指す。

セイジがコメット号を運転する中、ソウヤは荷台にいて、王都の用件を話すと、ソフィアが目を丸くした。

「大臣からお呼びが掛かるなんて、凄《すご》いのねぇ」

「まあ、古いつきあい、人脈ってやつだな」

浮遊《ふゆう》バイクが街道《かいどう》を行く。晴《は》れ渡《わた》る空。広大な草原を風が吹《ふ》き抜ける。そこでソウヤはふと思い出して、アイテムボックスから、フルカ村で回収した古びた地図を広げた。ソフィアがすかさず聞いた。

「それは何?」

「何かの地図。……この印は何だろうなって思ってさ」

「ひょっとして宝の地図⁉」

ソフィアが何故《なぜ》か目をキラキラさせている。一瞬《いっしゅん》『宝』と聞いて、そんなものが今時——と思いかけ、そういえばここは現代日本ではなく、異世界。そういう宝のありかを印《しる》した地図があって、実際に財宝などが眠《ねむ》っていることもあるかと思い直す。

「ちぇっ、そんなことならカマルに見てもらえばよかった」

諜報畑の人間であるカマルは、地理に詳《くわ》しい。どこの地図か、そして印の位置がどこなのかわかったかもしれない。

「カマルって誰《だれ》よ?」

「ん?　昔の知り合い」

先ほど会ったことは伏《ふ》せておく。明かしてもいいが、特にそれに意味はないように思えた。

そこで、唐突にミストが顔を上げた。

「この荷台、狭《せま》くない?　定員オーバーなんじゃない?」

「そう思うなら、寝《ね》っ転《ころ》がるのやめたらいいのに。狭いぃ」

そうなのだ。ミストにソフィアに、セイジにガル。ソウヤを入れて銀の翼商会は五人となった。移動は浮遊バイクの運転に一人。残り四人は後ろの荷車になるが……さすがに手《て》狭《ぜま》だ。

移動の間は、アイテムボックスハウスにいてもいいので、全員が荷車にいる必要はない。だが、移動中に何かあった場合、アイテムボックス内の人間にはそれがわからない。

それに街道などで接客しているところに、いきなり荷台から人が出てくればビックリさせてしまう。

「荷車、新しくしたいな」

「新しい荷車ですかー？」

運転するセイジが、わずかに小首を傾《かし》げた。ソウヤは頷《うなず》いた。

「ただ荷物と人を乗せるだけじゃなくて、こう、移動式の家みたいな……そう」

キャンピングカーとか自家用ヨットみたいな、くつろぎスペースがついたものがいいな、と考えたのだ。

「移動式の店みたいな感じで、商品陳列もしやすい形とかに変形なんかしたら、かっこよくね？」

「あら、面白そう」

ミストがノッてきた。ソウヤは、ぼんやり新しい荷車の形を考える。

全員が乗ってものんびりスペースが確保できるのが望ましい。ただそうなると、必然的に荷車が大きくなってしまう。

今の荷車には車輪がついてはいるが、動力はないので浮遊バイクの力のみで引っ張っている。あまり大きい、いや重量があると、速度が出ない。

これまでは比較的《ひかくてき》路面が安定している街道を走らせてきたが、正直乗り心地《ごこち》もあまりよくない。原因は、サスペンションがないからだ。地面からの振動《しんどう》を抑《おさ》えず、ダイレクトに伝わるので尻《しり》も痛くなるのだ。

この世界の今の馬車もそれだから、珍しくはないが、元の世界での車の乗り心地を知っている身としては、何とかしたい問題である。

——車は、浮遊バイク同様、浮かせられないかな。

そうすれば後部の車が大きくても、バイク単体で牽引《けんいん》できるし、乗り心地の問題も解決するだろう。

——そういう魔法《まほう》とか、魔道具ないかなぁ……。

などと考えながら走行していると、セイジが振《ふ》り返った。

「ソウヤさーん！　お客さんですよ」

「おっ」

街道を歩く、旅人が数名、こちらを注目していた。その中の一人が手を振っている。これは客である。

声をかけられて、街道での商売を開始。水と串《くし》焼き肉を販売《はんばい》し、狼《おおかみ》素材があるので買い取ってほしいと頼まれた。一般的《いっぱんてき》な価格で買い取った。

・・・

王都ポレリアに到着《とうちゃく》した。高くそびえる城壁《じょうへき》の向こうに、小さく王城が見え、それだけでもかなりの大きさなのがわかる。

銀の翼商会は、エンネア王国の王都に入るための審査《しんさ》待ちの列に並び、通行料を払《はら》って中へ。ミストが興味深そうに視線をやりながら、人で溢《あふ》れた町並みを眺《なが》める。

「前も思ったけれど、まるで音の洪水《こうずい》だわ」

「面白《おもしろ》い例えだ」

オレンジ屋根の小洒落《こじゃれ》た三回建ての民家が建ち並ぶ。多くの人々が行き交い、商売をする声や、喧噪《けんそう》などが混ざり合う。少々うるさいくらいだ。

まず立ち寄ったのは、ハイソな商店が立ち並ぶ区画にあるプトーコス雑貨店。メーヴェリング商会と取引のある店で、銀の翼商会ともお付き合いがある。内装も洋風のお屋敷《やしき》といった雰囲気《ふんいき》で、調度品のセンスもいい。ゴテゴテしていなくて好感が持てる。商品補充《ほじゅう》と軽い雑談の後、次へ向かう。

「ロッシュヴァーグ？」

首を捻《ひね》るミストに、ソウヤは目を細める。

「そ、ドワーフの名工、ロッシュヴァーグ」

ソウヤたちは王都の北側にある職人街を歩いていた。ガルが口を開く。

「彼の作った武器は、一生ものだと言う。ロッシュヴァーグ工房《こうぼう》の武器は、一種のステータスだ」

「オレの持ってる斬鉄《ざんてつ》も、ロッシュの仕事だ」

「そうなんですか！」

驚《おどろ》くセイジである。

「ソウヤさん、そのロッシュヴァーグさんと何か関係が？」

「かつての仲間ってやつさ。ま、友人で間違《まちが》いないよ」

ミストが、ソウヤのアイテムボックスから出した串焼き肉を食べながら言った。

「会って大丈夫《だいじょうぶ》なの？　一応、あなた、十年前に死んだことになってるんでしょう？」

「公式ではな。だけど、かつての仲間たちは、オレが昏睡したままで、まだ生きていると思っているんじゃないか……？」

どういう風に知らされているのかはわからないが。

「まあ、仮に生きていたからって、誰かに告げ口することはないさ」

あまり喋《しゃべ》らず、武器や素材に触《さわ》っているばかりで、根っからの職人だったから。

やがて、目的地に到着した。表にまで響《ひび》くは金属をハンマーで叩《たた》く音。工房が近い場所に集中しているせいか、色々な音が耳に届く。

「騒がしい場所ね」

ミストがその形のよい眉《まゆ》をひそめた。ソウヤは、思ったより大きな工房を見やり、つかつかと敷地《しきち》内《ない》に入っていった。

工房の奥《おく》には十数人程度いて、ハンマーの音が連続している。てっきり一人か、多くて二、三人程度の工房をやっていると思っていたソウヤは少々面食《めんく》らっていた。

「ごめんくださーい！」

大きな声で来訪を告げれば、工房の職人だろう若い男が手ぬぐい片手にやってきた。

「あ？　どちらさん？」

「銀の翼商会だ。オレは、ソウヤと言うんだが、ロッシュヴァーグさんはいるかい？」

「商人さんか？　親方にご用？」

そこで男は眉間にしわを寄せた。

「商人……ってふうにも見えんな、あんた」

言われてみれば確かに、ソウヤの格好は傭兵《ようへい》か冒険者《ぼうけんしゃ》にしか見えない。

「兼業《けんぎょう》で冒険者もしてる」

「なーる。兄さんガタイがいいもんな」

「で、ロッシュヴァーグさんはいるの？　いないの？」

ソウヤは問うた。男は腕《うで》を組んだ。

「んー、銀の翼商会ねぇ、聞いたような、聞いたことないような……。親方に何の用なんだ？　武器の依頼か？」

「古い友人が十年ぶりに会いにきたってところだな」

「へえ、兄さん、うちの親方の知り合い？」

「大親友……とまではいかないが、共に死線をくぐった仲なのは間違いない。……あ、ひょっとして今、武器打ってたりする？」

鍛冶《かじ》は重労働。力を使うし、何より高い集中力を要する。その大事な作業中に来客があったからと、おいそれと中断するわけにもいかない。いくら友人だからと、アポなしで行ってすぐに会えるものでもないのだ。

「……いや、今日は親方は打ってないな」

男は顎に手を当て考える。ソウヤは内心、胸をなで下ろす。

「そうか、じゃあ、親方に声をかけてくれよ。『あんたの作った武器を持ったソウヤって男が十年ぶりに会いにきた』ってな」

ソウヤはアイテムボックスから斬鉄を出して、男に渡す。

「重いから気をつけろ」

「おっとこいつは……うぉっ、マジで重いな」

ソウヤが片手で渡した斬鉄を、男は両手でようやく持ち上げる。

「ドワーフのハンマーかい、これ？」

「んー、知らない？　一応、剣《けん》なんだが……まあ、いいからロッシュの親方にそいつを見せて聞いてこいよ。オレらここで待ってるから」

という感じで、ソウヤは男が工房の奥に消えるのを見送った。待っている間、仲間たちに「王都観光でもしてくるか？」と言ったが、全員ここで待つという答えだった。普段《ふだん》あまり周囲に関心がなさそうなガルも、心なしか目つきが違う。セイジとソフィアは、初めて見る工房に興味津々《きょうみしんしん》なのだろう。

かれこれ五分くらいして、工房のほうからドタドタと足音がして、それが近づいてきた。

懐《なつ》かしい足音だ、とソウヤは笑《え》みを浮かべた。

「お出ましだ」

「おおーい、ソウヤァー!!」

ダミ声が工房から響いて、一瞬、鉄を打つ音がかき消えた。現れたのはずんぐり体型のヒゲもじゃドワーフ。

低身長ながら横幅《よこはば》があって、がっちりした体。ドワーフ男性の基本であるもっさり顎髭《あごひげ》を生やし、老人にも見えるその男は、まさにファンタジーのドワーフそのもの。

「ロッシュ！」

「おおーい、生きとったかワレェ！」

ロッシュヴァーグは、ソウヤの斬鉄を肩で担《かつ》ぎドタドタとやってきた。そしておもむろに斬鉄を振り回し、ソウヤに叩きつけようとして、当のソウヤが手でつかんだ。

「殺す気かよ、おっさん！」

「バァカめ！　お主がワシの一撃《いちげき》で死ぬわけがなかろうが！」

「いやいや、当たったら、死ぬからね！　オレ、不死身じゃないから！」

受け止め損《そこ》なったら、大惨事《だいさんじ》で済まないやりとり。ミストとセイジはポカンとして、それを見守っている。

「改めて、よう生き返ったのぅソウヤ」

「いやだから死んでないから！　昏睡状態だっただけで」

「長い居眠りじゃったの。おかげで世間様は、お主のことをすっかり忘れてしまったぞ！」

ガハハっと笑いながら、ロッシュヴァーグはソウヤの肩を叩いた。親愛のこもったそれだが、ドワーフは得てして力が強いので、結構痛い。

「死んだことになってるからな。忘れてしまったなら、別にそれでもいいんだ……。ただいま」

「お帰り、友よ」

かつての戦友との再会に、ソウヤとロッシュヴァーグは拳《こぶし》をつき合わせた。

・・・

ロッシュヴァーグ工房は、景気よく金床《かなとこ》を叩く音が響いている。ドワーフの名工の弟子《でし》たちが額に汗《あせ》を流して作業を進める。

熱気と息が詰《つ》まりそうな集中力。ソウヤとロッシュヴァーグは休憩所《きゅうけいじょ》でくつろいでいた。

「最近どうだい？」

「まあ、ボチボチじゃな」

ロッシュヴァーグはカップの茶を飲む。

「お主は眠っておったから知らんだろうが、魔王が倒れてから魔族の連中も急激に弱体化した。戦争は終わり、ここ数年、武器の需要《じゅよう》が減った」

「戦時需要ってやつだな」

戦いがあれば、それだけ武器が必要になる。また使っていれば壊《こわ》れるのも然《しか》り。平時とは比べものにならないほど、大量の武器が使用され、そして消耗《しょうもう》するのだ。

「平和になれば、そこまで大量に作る必要もなくなる。戦時にはあれほどいた武器職人も、かなり減ったわい」

「でもあんたは残っただろう?」

ソウヤは工房を見やる。勇者時代、行動を共にした時はあまり群れたがらなかったロッシュヴァーグだったが、なかなかどうして大勢の弟子を抱《かか》えている。

「あの魔王討伐とそれに関係する戦争で名が売れたからのぅ。お主と行動した腕利《うでき》き職人ということで生き残れた口じゃ」

「またまた、ドワーフが謙遜《けんそん》かよ」

笑うソウヤに、ロッシュヴァーグは真顔で首を横に振った。

「作るのはな。じゃが、それ以外のところはワシはトンと疎《うと》いからのぅ。工房の仲間たちのおかげじゃ。それがなければ、転職を考えねばならなかったかもしれん……」

「……あんたも苦労したんだな」

しみじみとしてしまうソウヤ。ロッシュヴァーグは肩をすくめた。

「まあな。ようやく需要と供給がトントンになって、職人たちも落ち着いてきてはいる。戦争はなくとも、武器の需要はあるもんじゃからな」

「魔獣が徘徊《はいかい》している世界だもんな。そりゃ武器は必要さ」

だから武器職人が、必要なくなるなんてことは絶対にないと言える。

「そういえば、ソウヤ。需要の話で思い出したが、最近、何やら武器の注文が増えているらしい。うちの工房だけじゃない。王国の武器職人の界隈《かいわい》で」

「……穏《おだ》やかじゃないな。まあ想像はついているよ」

ソウヤは顔をしかめた。最近は武器の注文がそこかしこで増えている。それは――

「魔族の連中が暗躍《あんやく》しているからな」

「魔族っ！」

ロッシュヴァーグは驚いた。ソウヤはここ最近の魔族絡みの事件の話をする。

「――王都にまで潜伏《せんぷく》しとったか」

「ああ、ウェヌスって暗殺組織を乗っ取ってやがったよ」

ソウヤは、壁《かべ》にもたれて天井《てんじょう》を見上げる。

「行きがかり上、潰《つぶ》したんだがね、そのブルハって魔族には逃げられた」

「ブルハ……知らん名じゃな」

ロッシュヴァーグは嘆息《たんそく》した。

「魔王との戦いから十年も経っておるんじゃ。またぞろ、連中は何かしでかそうとしているということか」

ロッシュヴァーグは苦虫を噛《か》み潰したような顔になる。

「カマルの奴《やつ》も、そっち方面で動いているみたいだ」

「あやつに会ったのか？」

「この前な。あいつに言われて、王都に来たんだ」

「あやつは、相変わらず諜報畑の仕事をしておる。……それで、お主、行商になったとな？」

「ああ、銀の翼商会」

「『黄金の翼』が懐かしく感じる名じゃのう」

笑うロッシュヴァーグ。

「しかし、何でまた？」

「色々なところを見て回りたかった、っていうのはある」

勇者時代は、ゆっくり観光している余裕《よゆう》はなかった。魔王討伐のために、また窮地《きゅうち》の民あれば救わんと努力した。

「平和になった今、オレのアイテムボックスが活《い》かせる仕事って何だろう、って考えた結果でもある」

「それで行商か？」

ロッシュヴァーグは肩をすくめた。

「お主、商人はド素人《しろうと》じゃろ？」

「似合わないか？」

ソウヤは真顔になる。

「人間、誰しも最初は素人だよ。オレだって、最初から勇者だったわけじゃねえし」

この世界に召喚《しょうかん》されるまでは、ちょっと力がある以外は、ただの高校生だった。

「歳《とし》をとってから始めても、遅《おそ》すぎるってことはないと思うがね」

「そうさな」

ロッシュヴァーグは頷いた。

「いや、ワシは生まれてこのかた、職人以外の道など考えたことなかったからのぅ。本当のところはよくわからん。他《ほか》の職に就《つ》いたとして、上手《うま》くやっていけるとは思えん」

「失敗することはあるだろうよ。でも人生ってのはそういうもんだろ？」

たとえ天職だろうが、何もかも上手くやれるということもない。ミスだってある。

「何か自分以外の理由で続けられないってことになるまでは、失敗したとしても、やり続けていいいと思う」

ううむ――ロッシュヴァーグは顎髭に手を当てて考《かんが》え込《こ》む。ソウヤは言った。

「生き残った分、しっかりやってかないとな」

「……そういえば、お主のアイテムボックス……まだ中には瀕死《ひんし》の者が？」

「いるよ」

「聖女もか？」

「ああ」

ソウヤのアイテムボックスに保存されている死亡寸前の人たち。その中に、某国《ぼうこく》の聖女様も含《ふく》まれる。彼女《かのじょ》を救うには、色々とクリアする問題がある。例えば瀕死から助かる治《ち》癒《ゆ》の秘薬があっても、それだけではどうにもならない。

「行商になった理由のひとつだな。秘薬を探して手に入れる機会を増やす」

「というと？」

「奇跡《きせき》の回復薬とか、エリクサーとか、その手の情報を商人サイドから得られればと思っている。あるいはそれらを手に入れた奴から、大金払って買うことも商人ならやりやすくになるだろう？」

「金が欲《ほ》しければ、まず商人に売ろうとするもんじゃからのう」

「冒険者でもよかったかも、と思ったが、冒険者がエリクサーの買い取りとかって、何に使うんだろうって怪《あや》しまれるかなって」

なるほどなるほど、とロッシュヴァーグは納得《なっとく》した。ソウヤは意地の悪い顔になる。

「そういうわけだから……ロッシュ、どこかでエリクサーの噂とか聞いたことない？」

「そんな簡単にわかれば苦労はせんわい」

「……だな。じっくりやっていくしかないよな」

雲を掴むような話だ。ソウヤのアイテムボックスに保護している重傷者は、もう十年もそこにいる。できれば早く復活させてあげたいが……。

――俺《おれ》も昏睡から目覚めて、浦島太郎《うらしまたろう》だったけど、中の連中もそうだよなぁきっと。

「話は変わるけどさ、ロッシュ。何か欲しいもんある？」

・
・
・

「カロス大臣と面会する日時が決まった」

カマルがどこからともなく現れて告げた。いきなり現れるのは勘弁《かんべん》してほしい。

日時を指定してきたが、魔族の件もあるから早めに会いたいという。了承したソウヤは、そこで彼に、フルカ村で見つけた地図を見せた。

「――ざっと見たところ、バッサンの町の近くに印があるな」

彼曰《かれいわ》く、荒《あ》れ地《ち》が多く、古代文明時代の遺跡《いせき》などが数多く見つかっている場所だという。

「ひょっとしたら世間知らずを引っかけるペテンかもしれないが……。その地図はどうしたんだ？」

「拾ったのさ」

バッサンの町か――縁《えん》があったら行ってみようと思う。

その日は別れて、翌日、待ち合わせしていたカマルと合流したソウヤは、王都にあるカロス大臣の邸宅《ていたく》へと向かった。

「一人でよかったのか？」

カマルが問うた。今日はどこぞの騎士《きし》を思わせる格好。お客を迎《むか》えるという立場から、いつもの潜入《せんにゅう》スタイルではない。

「銀の翼商会の面々も招待するとあったが」

「それな。だが皆《みな》、来たがらなかった」

ソウヤは苦笑《くしょう》した。堅苦《かたくる》しそうだから、とか修行《しゅぎょう》するから、とか理由はそれぞれだった。大臣の邸宅は、王都にあってかなり広い。王都内の高級住宅街を抜《ぬ》けながらソウヤは聞いた。

「大臣って、この国の公爵《こうしゃく》家の人だっけか」

「そうだ。くれぐれも失礼にならないようにな」

注意するカマルに、ソウヤは肩《かた》をすくめる。

他のメンバーが参加しなくて正解だった。特に霧竜《きりりゅう》さんは、気にくわなければ王様とて喰《く》らうだろうから。

「オレ自身、あんま堅苦しいのは苦手なんだけどな」

本日のソウヤの服装は、軽鎧《けいがい》などを身につけた冒険者ルックではない。

「どうだろう？　一応、商人っぽくコーディネートしてきたんだが」

一般的な商人が着ているような、ちょっと質のいい服装をまとう。防具ではないので、少々防御《ぼうぎょ》に難あり。

なお、この服装は、王都のお得意様であるプトーコス商会のプトーコス氏と相談した上で用意したものである。ちょうどその時、メーヴェリング商会のアリアが来ていて、彼女にも選んでもらった。

「……ふむ、普段は頭の先から足の先まで、いかにも冒険者なスタイルだからな」

カマルは、しげしげとソウヤを眺める。

「違和感《いわかん》があるな」

「やっぱ似合ってねえってことか……」

せっかく上級貴族に会うのだから、失礼がないようにと準備をしたソウヤだった。

「慣れの問題だろう」

「この野郎《やろう》、暗に似合ってねえってトドメ刺《さ》しやがったな」

そうこうしているうちに、カロス大臣の邸宅が見えてきた。敷地《しきち》を隔《へだ》てる柵《さく》を尻目《しりめ》に、正面の門に到着。カマルが門兵に二、三話すと門が開いた。

広い庭だ。整えられた草木が、シンメトリカルな模様を描《えが》いている。さすが公爵家のお庭である。

屋敷もまた小さめの宮殿《きゅうでん》といった風情《ふぜい》があって、貴族の屋敷らしく構えていた。

屋敷の扉《とびら》を潜《くぐ》ると、メイドたちのお出迎《でむか》えと遭遇《そうぐう》した。

「……わお。こりゃＶＩＰ待遇《たいぐう》だな」

「かつて、世界を救った勇者を迎えるのだ。これくらいは当然だ。むしろ、この程度で申し訳ないくらいだ」

カマルは言ったが、ソウヤは表情を硬《かた》くする。

「前にも言ったぞ。その勇者は死んだ。ここにいるのはただの商人だ」

「商人ね」

フッとカマルはキザな笑みを浮かべた。――この野郎。

そこへダンディーなお髭《ひげ》の初老の男性がやってきた。高級な装飾《そうしょく》の多さは式典用の礼服か、身なりが非常に整ったその人物は、誰あろう、カロス大臣その人だ。

――髪《かみ》が白くなったなぁ。

十年の月日を感じさせる再会である。

「ようこそおいでくださった、ソウヤ殿《どの》」

「大臣閣下」

ソウヤは胸に手を当て、お辞儀《じぎ》をした。

「お初にお目にかかります。銀の翼商会のソウヤと申します。この度は、閣下のご指名を賜《たまわ》り、恐悦至極《きょうえつしごく》に存じます」

大臣は面食らったような顔になる。だが、それもわずかな時だった。

「……あー、そうでありましたな。初めまして、アドラメル・シオルーカス・カロスです」

初対面である、という風を装うカロス。

「立ち話もなんですので、どうぞ奥へ」

「恐縮《きょうしゅく》です。閣下直々の出迎え、光栄でございます」

それっぽく挨拶《あいさつ》をしつつ、カロスの導きで、屋敷内《やしきない》を進む。

赤いカーペットが敷《し》かれた床、天井からぶら下がるシャンデリア、清潔感溢れる白い内装と、どこか映画やドラマのセットみたいだとソウヤは感じた。

執務室《しつむしつ》に通される。大臣の執務机が奥に見えた。南側の壁面《へきめん》には大きな窓がいくつかあって、外からの光を室内に取り入れる。外のバルコニーに繋《つな》がる扉もあった。

その他の壁面には大きな本棚《ほんだな》が並んでおり、分厚い本が隙間《すきま》なく入れられていた。持ち主が普段から書物に触《ふ》れているのが想像できた。

部屋の手前には、ゲスト用の応接セットがあって、ソファーに机があった。ソウヤは大臣に向かい合う格好で、机を挟《はさ》んでソファーに腰《こし》を落ち着けた。

――ふかふかだ……。

カマルは、警備兵として大臣の背後に控《ひか》えている。

メイドが机に、お茶とお菓子《かし》を手際《てぎわ》よく並べると、頭を下げて部屋から退出した。

大臣の執務室にいるのは、ソウヤとカロス大臣、そしてカマルの三人のみとなった。

人払《ひとばら》いが済んだところで、改めてカロスは目礼した。

「久しぶりですな、勇者ソウヤ殿」

カロス大臣からの挨拶を受け、ソウヤも頷いた。

「ご無沙汰《ぶさた》しております、閣下。十年ぶりになりますか」

「はい。ソウヤ殿が魔王《まおう》を討伐《とうばつ》された直後、意識を失って、それだけの月日が経過してしまいました」

カロスは神妙《しんみよう》な面持《おもも》ちである。

彼《かれ》は、ソウヤが昏睡《こんすい》中、世間では勇者は死んだとして発表されたことを謝罪した。周囲の、使命を終えた勇者のその後を巡《めぐ》る対立、それを収めるために、このような手しか打てなかったことを、大臣は悔《く》いていたのだ。

勇者の台頭を警戒《けいかい》する者たちから守るためとはいえ、不便をかけて申し訳ないとカロスは頭を下げた。

「いえ、行商になったのは俺の――私の意思ですから」

たとえ魔王を倒《たお》した直後に、昏睡状態になることなく凱旋《がいせん》したとしても、王国の重鎮になったり権力の座が欲しいなどという思いは、これっぽっちもなかった。

当時はもちろん、今もそうだ。その点は強調しておく。

「王国に恨《うら》みはありません。今は、結構のんびりやらせてもらっています」

「それを聞いて安心しました。ですが、ソウヤ殿。あなたはエンネア王国をはじめ、世界から魔王の脅威《きょうい》を取り除いたお方だ。そのお礼はしていきたいという気持ちに嘘《うそ》はありません」

カロスは温情のこもった声で言った。

「何かあれば、私を頼《たよ》っていただきたい。あなたには返しきれない恩があるのですから」

「お心遣《こころづか》い、感謝いたします」

十年前に面談した時と変わらず、カロス大臣は好意的だった。勇者の扱《あつか》いについて快く思っていない者が王国にいたと聞き、関《かか》わらないようにと距離を取っていたソウヤだが、警戒し過ぎたかもしれない。

「ソウヤ殿は行商になられたと耳にしておりますが、どのような商品を扱っておるのですか?」

大臣からある程度予想された質問がきた。

ソウヤは、魔物《まもの》肉や素材、ダンジョンからの採集した品を売買していると答えた。

普通《ふつう》の冒険者であれば、冒険者ギルドに売って処分しているものを、直接欲しい人のもとに届けている。

そもそも冒険者は、個人で販売ルートを持っていない者がほとんどだ。ダンジョン探索《たんさく》やモンスター退治、戦利品の処分を一人でやることは難しい。全《すべ》てに構っていたら、時間がいくらあっても足りないからだ。故に、ギルドに戦利品の処分をやってもらって、負担を軽くする。

その本来、ギルドに代行してもらっていることを、ソウヤたちは自分でやっている、ということである。

「基本的には町では個人への訪問販売以外はしていないです。町の外やダンジョン内で売買しています」

「敢《あ》えて、危険な場所で店を開く、ですか。腕におぼえがなければ、中々できないことですな」

「人がやっていないことをやるというのが、商売というものです。危険な場所だからこそ、食料や物資が必要な人間もいます」

「確かに。競合相手がいないというのは有利ですな。何か掘《ほ》り出し物はありますか?」

「ヒュドラやベヒーモス、サーペントの素材でしょうか。今のところレアものと言えば、こういう貴重な魔物素材程度になります」

「エイブルの町のダンジョンスタンピードの件は伺《うかが》っております。さすがは勇者、お見事でした。まあ、私もあの事件でソウヤ殿のご活躍《かつやく》を知ったわけですが」

「やはり、そうでしたか」

有名になれば、王国関係者の耳に入りやすくなる。カマルから話したところでお察しではあった。

エイブルの町の冒険者ギルドに売ったヒュドラ素材は、おそらくその後王国が買い取ったことは想像に難《かた》くない。

「ソウヤ殿、私としましては、あなた方と友好関係を築きたい、そう思っております」

至極真面目《しごくまじめ》にカロスは言った。

「ささやかではありますが、私の名前で、この国のほぼ全てで通行税が免除《めんじょ》される証明書を発行いたします。行商であるソウヤ殿の銀の翼《つばさ》商会が、王国内でしたらどこにでも行きやすいようになるはずです」

「おおっ！」

色々な場所に行きたい都合上、これがあると行動範囲《はんい》が広げられる。浮遊《ふゆう》バイクを使った移動範囲の広さはあるが、これまでは極力そうした関所が多い場所は避《さ》けていた。

貴族の領地が多く、町に入ったり通ったりするだけで税金を取られるところも少なくない。真面目《まじめ》にやっていると、その行動範囲の広さが仇《あだ》となり、ガンガン通行税を取られてしまう。

カロス大臣の免税《めんぜい》証明は、通行税だけだったとしても、銀の翼商会にとってはとてもありがたい代物《しろもの》だった。

行商の上では垂涎《すいぜん》の品だが、ソウヤは裏を読んでしまう。大臣ともあろう人物が、これまでの功績だけで、免税証明を出すとは思えなかったのだ。

「何か、我々にやらせたいことがありますか？」

不躾《ぶしつけ》ではあるが、問われたカロスは表情ひとつ変えなかった。

「子飼いになれ、などと申しませんし、王国は命令するつもりはありません。少なくとも私はそのつもりです。ですが、ソウヤ殿のお力をお借りしたい事態は、今後発生しないとも限りません」

先のヒュドラ討伐の件もそうだが、それに絡《から》んでいた敵の存在。

「特に魔族《まぞく》の動静は注視していかねばなりません。今後、魔族に関する情報があれば買い取ります。あくまでビジネスとして、です」

カロスの目に確固たる光が帯びる。

「また、我々の手には負えない魔物の討伐を、ご依頼《いらい》することはあるかもしれません。聞けば、ソウヤ殿は冒険者でいらっしゃる。お互《たが》いに利はあると言えましょう」

「確かに」

勇者が出張るほどの魔物なら、倒した時の素材は商売上おいしいネタである。王国の範《はん》囲内《いない》であれば、急行するにあたって通行税が免除されるのはとても助かる。経費が掛《か》かるから行けない、というのは嫌《いや》すぎる。

「免状《めんじょう》をいただけるなら、それくらいは働いてみせましょう。災厄《さいやく》を見過ごすというのは、私も好きではありません」

「感謝いたします」

カロス大臣は頭を下げた。

「ただ、こちらにも都合があるので、受けられないこともあります。その点は、ご了承《りょうしょう》いただきたい」

「よく承知しております。……さて、細かなことは、ひとまず置いておいて――」

大臣は気さくな笑みを浮《う》かべて、話題を変える。

「少し雑談でもしましょう。つもる話もあるのですが、まずは……そうですな。昨今、シヨーユなる調味料が現れたとか――」

まさに、それを扱っている銀の翼商会である。

「これが実に料理によく合うともっぱらの評判です。ひとつ、私も味わってみたいものですが、お心当たりはございませんかな？」

「実は……扱っております。醤油《しょうゆ》」

「おおっ、さすがは商人ですな！」

ソウヤとカロス大臣が談笑《だんしょう》している頃《ころ》、ひとつの来訪があった。

「失礼します、閣下。ペルラ姫殿下《ひめでんか》が、お屋敷にいらしております」

「姫殿下が？」

大臣はソファーから立ち上がった。

「これはお出迎えせねばなりませんな」

「客が来たのであれば、私は、そろそろお暇《いとま》を――」

「あぁ、ソウヤ殿は、こちらでお待ちを。すぐに戻《もど》ります故」

そう告げて、カロスは執務室を後にした。残ったカマルを、ソウヤは睨《にら》む。

「ペルラ姫が来たって？」

「そのようだな」

「何しに？」

「さあ、お前に会いにきたのではないか」

しれっとカマルは言った。

「オレに会いに？」

ソウヤは首を横に振《ふ》った。どうしてこうなったのか？　王族が現れるなど聞いていない。そもそもカロスは、すぐ戻ると言ったが、お姫様《ひめさま》が来訪して早々に戻ってこられると思っているのか？

「お前、ペルラ様に会うのは十年ぶりだろう？　見違《みちが》えるほどお美しくなられたぞ」

「見違えるほどって……お前、それ失礼じゃね？」

十年ぶりである。ソウヤも、ペルラ姫にはかつて会ったことがあるが、あの時、七、八歳と愛らしいお姫様だった。

「そりゃ、子供から大人になってりゃ、見違えもするだろうけどさ」

ソウヤは頭を掻《か》く。

「これ、オレも絶対会うやつだよな……？」

「会いたくないのか？」

「個人的には挨拶くらいはしたいけどな。王族とは、距離《きょり》をとっておきたいんだよ」

かつての友人しかいないのをいいことに、本音を口にするソウヤ。

「とはいえ、今ここで逃《に》げたりしたら、余計に波風が立つと思うのだが？」

「……だよな、やっぱ」

ソウヤは苦い顔になる。

「なあ、この来訪、初めから仕組まれてたんじゃないか？」

「さすがだな、ソウヤ」

カマルは、口元に薄《うっす》らと笑みを浮かべた。

「お前に会いたがっている者は、少なくないということだ」

そうでなければ、わざわざ大臣の屋敷《やしき》に王族がやってくるものか。

・・・

エンネア王国の第三王女であるペルラ姫が、カロス大臣邸宅へとやってきた。大臣の歓《かん》迎《げい》を受けた姫君《ひめぎみ》は、ソウヤがいる部屋に現れた。

「ソウヤ様！」

「姫殿下」

ソウヤは立ち上がり、礼で応《こた》えた。

お姫様は十代後半の美少女だった。柔《やわ》らかな緑のドレスをまとい、長い金色の髪とエメラルドグリーンの瞳《ひとみ》がキラキラと輝《かがや》いている。歩く姿は、涼風《りょうふう》を呼び込む風の妖精《ようせい》か、はたまた春の女神《めがみ》を連想させた。

確かに十年前とは見違えたソウヤだった。

「とてもお久しゅうございます、ソウヤ様」

ペルラ姫はドレスの裾《すそ》をつまみ、淑女《しゅくじょ》の礼の姿勢をとった。

「またお会いすることができて、ペルラはとてもうれしく思います」

「オレ……ごほん、私もです、殿下《でんか》。その……大変に健《すこ》やかに成長されたようで……とても、お美しいです」

「まあ、ありがとうございます！」

ペルラ姫は花のような明るい笑顔《えがお》を返した。

十年という月日は、時に残酷《ざんこく》である。ソウヤの中で、小さなお嬢様《じょうさま》だったペルラ姫は、異性の目を惹《ひ》きつけてやまない美少女へと成長した。

息が詰まりそうなほどの緊張感《きんちょうかん》。

――この気持ち、まさか恋《こい》？

などと普段遠ざかっている感想を抱《いだ》いてみるが、考えてみればソウヤの体は三十にさしかかっていて、年の差を意識したら萎《しぼ》むものを感じた。

ソウヤはペルラ姫との談笑タイムに突入《とつにゅう》した。これまでのこと、ソウヤの知らない十年間、魔王討伐《まおうとうばつ》と、最近の出来事などなど。

姫は、ソウヤに憧《あこが》れの英雄《えいゆう》を見る目を向けてきて、とても楽しそうにお喋《しゃべ》りをしていた。

姉に隠《かく》れて様子見をしていた彼女を知るソウヤとしては、その成長を嬉《うれ》しく思うと共に、よい意味で戸惑《とまど》いをおぼえた。

ベヒーモスやヒュドラ、サーペント退治の一部始終を説明し、その証拠《しょうこ》の品となる魔物の部位をアイテムボックスから出して、披露《ひろう》したり。

その度《たび》にペルラ姫は、彼女にとって未知な魔物の一部に驚《おどろ》きの声を上げた。同席しているカロス大臣もそうで、二人して興味深く話を聞いてくれて、ソウヤとしても鼻が高い。

王族のお姫様にとって、王都の外での冒険譚《ぼうけんたん》は新鮮《しんせん》らしく、いちいちいい反応をするので、お互いに時を忘れて話し込んでしまった。

「そうだ、ソウヤ様。もしよろしければ、わたくしからの依頼……というか探してほしいものがあるのですが……よろしいでしょうか？」

少々恥《は》ずかしげに、上目遣《うわめづか》いを寄越《よこ》してくるお姫様の何と可愛《かわい》らしいことか。嫌な予感を感じる前に、ソウヤは頷《うなず》いていた。

「何でしょうか。手に入るものなら、お探ししてお届けしますよ」

行商ですから——仕事の一環《いっかん》なら、聞かないという選択肢《せんたくし》などあるはずがない。

「ソウヤ様は『クレイマンの遺跡』をご存じでしょうか？」

クレイマン――はて。ソウヤは首を傾《かし》げる。

「昔、どこかで聞いたような気がしますが……。すみません、ちょっと心当たりがありません」

「古くから伝わる伝説です」

ペルラ姫は照れの混じった顔のまま言った。どこか恋愛《れんあい》を語る表情だが、内容はそれとはまったく関係なさそうである。

「かつて空を飛んでいた天空人の遺跡なんですよ」

「ああ、天空人」

それなら、多少知っているソウヤだった。

この世界には浮遊する島があって、かつては天空に人が住んでいたという。十年前の魔王討伐の冒険《ぼうけん》の時、浮遊島を探検することもあった。

「伝説の魔術《まじゅつ》王クレイマン……」

ペルラ姫は祈《いの》るように手を合わせた。

「その黄金の城には、世界中から掻き集めた金銀財宝があり、不老不死の秘薬や、いかなる病気も直す万能薬《ばんのうやく》、死の淵《ふち》からも救う特効薬などがあったそうです」

――不老不死……！

万能薬に特効薬と聞いて、ソウヤは目を見開いた。それは、アイテムボックス内に眠《ねむ》る仲間たちを、再び太陽の下に生還《せいかん》させることができる品々ではないか。

「クレイマンの遺跡とは、本来は空にあったのですが地上に落下した、という伝説です。ただ、その遺跡の場所はわかっていません」

姫が頷くと、カロス大臣が口を開いた。

「この近隣《きんりん》諸国では、何カ所か空から巨大《きょだい》な何かが降ってきたらしいと言われる場所や伝承はあります。ただ、今のところ、クレイマンの遺跡だという確固たる証拠は見つかってはおりません」

「なるほど」

ソウヤは首肯《しゅこう》する。その遺跡などを見つけることができれば、財宝はともかく、秘薬などがあるかもしれない。

ペルラ姫が前のめりになる。

「もし、できるなら手掛《てが》かりなり、遺跡を見つけていただけたら、と思いまして」

「わかりました。銀の翼商会の方でも探してみます」

「本当ですか⁉　ありがとうございますー」

姫は顔を綻《ほころ》ばせた。

行商より冒険者《ぼうけんしゃ》、いや正真正銘《しょうしんしょうめい》の冒険家に頼《たの》むべき事柄《ことがら》かもしれない。だが、銀の翼商会は冒険者も兼業《けんぎょう》している。ダンジョンからの拾得物《しゅうとくぶつ》を商品にしている以上、遺跡からの掘り出し物というのは、普段《ふだん》の業務の範疇《はんちゅう》を逸脱《いつだつ》していない。

そんなソウヤの思惑《おもわく》など知らないペルラ姫の笑《え》みは、桜満開を思わすほど華《はな》やかさがあった。男として惹かれるものがあるのを、ソウヤは感じた。

――ああ、単純なオレ！

話し込んでいるうちに、窓の外が暗くなってきた。カロス大臣が首を傾げる。

「姫、本日は外泊《がいはく》のご許可はお取りになりましたでしょうか？　なければ、そろそろ――」

「あら、もうそんなお時間なのですね。急に押《お》しかけてごめんなさい、大臣。またお顔を見られてよかったですわ、ソウヤ様」

元々、ソウヤとお話ししたくてやってきたというペルラ姫である。どうやら外泊の許可は取っていなかったようだが、それはそれで幸い。ソウヤまで付き合わされて、大臣宅に泊《と》まるなんてことにならずに済んだ。

「また、お会いしたいですわ、ソウヤ様。わたくしからの面会状を出しておくので、お城にも遊びにきてください」

「承知しました」

そう答えたものの、王城に頻繁《ひんぱん》に出向くことはないだろう。社交辞令である。

大臣宅からお暇しようと立ち上がるペルラ姫、そしてソウヤ。王女を見送りするべく席を立ったカロス大臣は、ソウヤに顔を向けた。

「ソウヤ殿、このあと例の件ですが――」

例の？　一瞬《いっしゅん》、何のことかわからずキョトンとなるソウヤ。大臣との話で何か、やり残しでもあったかと記憶《きおく》を掘り返し、ひとつの結論に達した。

「あー、そうでした。醤油の件でしたね」

姫様の来訪で、話が途中《とちゅう》になっていた。新しい調味料「醤油」を使った料理と、そのレクチャーを約束していたのだが、そこでペルラ姫が反応した。

「ショーユとは……？」

「姫殿下、最近、王都で話題になりつつある、新調味料にございます」

「それは知っています大臣」

ピシャリとペルラ姫は言った。

「ソウヤ様は、ショーユをご存じでしたの？」

「それはもう。港町バロールの醤油蔵から仕入れて、この辺りの店に販売《はんばい》しているのは、うちの銀の翼商会ですから」

醤油をバラまいているのは、ソウヤである。これから、その醤油の説明を兼《か》ねて、大臣に醤油から作ったタレを使って焼き肉をご馳走《ちそう》する予定だった。

「ズルいです、大臣！　見損《みそこ》ないました！」

ペルラ姫が胸の前で手を合わせ、カロスを非難した。

「ええっ⁉」

「わたくしも、そのショーユを使ったタレを味わってみたいです！　これから晩餐《ばんさん》なら、わたくしもご相伴《しょうばん》に与《あずか》ります！　よろしいですね、ソウヤ様⁉」

このお姫様、大臣の連れとして、焼き肉をお食べになられるそうである。ペルラ姫が怒《おこ》ったように顔を真っ赤にしつつ、少々拗《す》ねているのは可愛らしいと、ソウヤは思った。

もちろん、断れるはずもない。

「王城のほうで問題なければ、構いませんが……」

そう答えたソウヤだが、当然、姫は自分の連れから王城宛《あ》てに伝令を走らせた。今日は夕食は大臣宅で摂《と》ります、という旨《むね》で。

「では決まりです。晩餐は、ソウヤ様とカロス大臣とご一緒《いっしょ》させていただきます！」

さて、これはとんでもないことになった。

王族と一緒に食事……というより、王族に料理を提供しなければならなくなったことがである。

あまり凝《こ》った物は作れないから、手軽な焼き肉と銀の翼商会特製スープ辺りで済ませようと思っていたのだが……。

もし、ここで姫様が食あたりにでもなれば、間違《まちが》いなくソウヤの首が物理的に飛ぶ。

失敗すれば命がない。大ピンチである。

……だが、逆に成功すれば、醤油とその派生のタレを、王族にアピールすることができる。

ペルラ姫のお気に入りともなれば、王国がタルボット醤油蔵を保護しようとするかもしれない。まだスタートしたばかりの醤油蔵が、醤油の増産と共に事業拡大も……。

それを仕入れる銀の翼商会の利にも繋がる。

ソウヤは、チラリとカロス大臣を見やる。彼も急な王族を交えての晩餐に、心なしか冷《ひ》や汗《あせ》をかいているようだが、観念したように頷いた。

そんなわけで、ソウヤは十八番《おはこ》である焼き肉を、お姫様に振る舞《ま》うことになった。

ただ、やり方については、こちらの自由にさせてもらう。

王族や貴族のルール、マナーは知らないし、それを今知ったところで、上手《うま》くできなければ意味がない。

ソウヤは、できないことは無理にやらない主義なのだ。

・・・

肉を焼きます。

ということで、ソウヤはカロス大臣に頼み、屋外での食事会となった。

公爵家の屋敷だけあって、お茶会や談話用の庭があるので、そちらに野外調理セットを出して用意する。

屋敷の調理場が、中世仕様のため、ソウヤには合わないのも理由のひとつだったりする。かまどはあるが、豚《ぶた》などを串刺《くしざ》しにしてグルグルと丸焼きにするのはさすがに……。

それはともかく、直《じか》に調理する、という光景をペルラ姫は見たことがないらしく、お茶会テーブルから興味津々《きょうみしんしん》の視線を向けてくる。

「わたくし、料理が作られるところを初めて見ます」

「普段、調理場に赴《おもむ》くことなどありませんからな」

カロス大臣もまた、ソウヤが使う調理器具――野外用バーベキューコンロなどを、不思議そうに見ていた。

「ふーむ、野外で使えるかまどとは、また……」

屋敷の使用人や姫様の護衛が遠巻きに見守る中、ソウヤは、彼らの前で豪快《ごうかい》に切り分けられた肉を焼く。

今回、焼くのは角猪《つのいのしし》の肉。銀の翼商会の扱うメインの肉は魔物肉。ただし王族に供する食材が魔物のものだと護衛の方々からストップをかけられそうなので、魔物と獣《けもの》ラインで獣寄りの角猪でお茶を濁《にご》す。

もっとも、お姫様に出さないだけで、ソウヤ自身は魔物肉も焼いて食べるつもりでいる。大臣あたりが興味を持って味見くらいはするかもしれない。切り分けてしまえば、肉は肉である。

なお、今回取《と》り扱う肉は、今は無きフルカ村で解体してもらったものになる。魔族にやられなければ――ソウヤは思ったが、それを押し殺して角猪肉を焼いた。適度に薄く切られたその肉。脂《あぶら》が弾《はじ》け、肉の焼ける激しい音が、夜の大臣宅の庭に響《ひび》く。

「結構、音がしますね」

「そうですな」

「夜に、お外で食事とは、わたくし初めてかもしれません」

「確かに。お茶会は昼間ですし、夜は建物の中ですからな」

カロスは姫に同意した。赤い肉が白くなり、焦げ目《こめ》もついてくる。それをヒョイヒョイと皿にとって、テーブルへと移動する。

「私は本職のシェフではないので、手の込《こ》んだ料理はできませんが、今回は醤油タレの効果を純粋《じゅんすい》に味わっていただければ幸いです」

「ええ、ショーユ。果たしてどのようなものか好奇心《こうきしん》が抑《おさ》えきれませんわ」

すでに一口大のサイズになっている肉に、タレの入った皿を用意する。ナイフは必要ないが、フォークで刺せるように肉は少し厚めにしてある。

実際に料理する場面を見たことがない姫は、言葉どおり興奮気味のようだった。

「姫様」

ペルラ姫の護衛の騎士が前に出た。

「まずは毒見を」

王族の食べるものである。毒が入っていないように配下の者が試食するのは、ソウヤも想定している。

——むしろ、早く食べて安全性を確かめてくれ。

せっかく焼いた肉が冷めて硬くなるのは、もったいない。それもあって野外の、調理してすぐ料理を持って行ける場所をセッティングしたのだが。

若い騎士《きし》が、フォークに肉を刺し、タレをつけて……その肉が落ちてしまう。

「ナイフを」

ソウヤは、ナイフ――プトーコス商会製を出して、フォークと共に肉を取りやすくする。

「というか、オレが先に食べようか？」

「いや、貴殿《きでん》を疑うわけではないが、先に毒消しを飲んでいたりしていた場合、毒見にならないゆえ、私が食する……！」

そうですか――ソウヤは黙《だま》って騎士が、肉を口に運ぶのを見守る。ペルラ姫とカロスもじっと穴が空くほど凝視《ぎょうし》している。

「……ウン！」

「どうですか？」

騎士が咀嚼《そしゃく》を終えると、驚愕《きょうがく》に目を見開いている。

「うまいッ！　あ、失礼しました、姫様。毒はないようです」

毒見役の騎士は、一瞬、自分の役割を忘れてしまったようだった。つい素を出してしまい、慌《あわ》てて頭を下げた。

姫と大臣は、先ほどから気になっていた焼き肉に、いよいよ取りかかる。

「では頂きましょう」

「そうしましょう」

ナイフとフォークを使い、焼けた角猪の肉を取ると、醤油ベースの焼き肉タレをつけてから、一口。

「……まあ！」

「これは……！」

ペルラ姫はビックリして思わず口元を押さえ、カロス大臣もまた眉《まゆ》が持ち上がった。

「甘《あま》くて、まったく新しい味ですわ！」

「これまで食べた肉は、ただ焼いただけだった。これは何とも味わい深い……」

大変好評だった。ペルラ姫の顔がほころび、カロスもまた、焼き肉を次々に腹に収めていく。

第一陣《じん》がなくなる前に、ソウヤは第二陣の焼き肉製造を開始。護衛や従者さんを呼んで、第二陣以降の焼き肉をランダムに毒見してもらいつつ、姫と大臣に焼き肉を供給する。

毒見役がドンドン入《い》れ替《か》わり、何だか普通に多人数の焼き肉パーティーをしている気分になるソウヤ。次々に肉を焼き、角猪以外の魔物肉も普通に焼いていく。

毒見役は基本ひとり一回のようだったが、姫様が絶賛する味を体験したいのか、志願者は殺到《さっとう》。

大臣宅の料理長や、見習いたちまで、普通に焼き肉を食べ出し、ペルラ姫から「わたくしたちの取り分を横取りしないでくださいまし！」とお叱《しか》りが出る始末。

なお、その料理長から、バーベキューコンロや調理道具の質問をされた。彼とその部下たちが実際に焼き肉を焼いて、ソウヤにも食べる余裕《よゆう》を与《あた》えてくれた。

醤油ベースのタレの他《ほか》、醤油を使った料理についても質問され、試《ため》しに焼きおにぎりや、醤油をかけた丼《どんぶり》ものを出してみれば、ペルラ姫やカロス大臣の注意を引き、それらも晩餐に供されることになる。

結果、この食事会は大成功のうちに終了《しゅうりょう》した。

ちなみにシェフにスカウトされたが、丁重《ていちょう》にお断りした。

「大変、満足でした」

ペルラ姫の表情をみれば、嘘偽《うそいつわ》りがないのは一目瞭然《いちもくりょうぜん》だった。

「毎日でも食べたいですね。こう、熱い料理というのも、久しく食べたことがありませんから」

「毒見役が確認《かくにん》して、料理が実際に運ばれるまでに冷めてしまうことが多いですからな」

カロスが補足する。王族といえど、案外、冷めた料理ばかり食べているのが現実である。

——腐《くさ》った食材も少なくないだろうからなぁ。

ソウヤは思う。時間を止めて保存できるアイテムボックスがあるから大丈夫《だいじょうぶ》なのだが、それがないのが普通の社会では、食材の保存のために並々ならぬ苦労を強《し》いられる。

対策はしても、それが完全であることはなく、あくまで延命処置のようなものだから、味は変わるし、保存が長引けば腐ってしまうものも出てくる。

生で食べない文化というのも、保存技術を思えば、むしろ当然と言える。たっぷり塩漬けとかコショウとかが保存に用いられていても、完全ではない。

極力新鮮なものを、と王族や貴族向けの食材は注意していても、腐ったものは出てきてしまうのだ。

ともあれ、今回の晩餐の影響《えいきょう》は、タルボット醤油蔵をさらに加速度的に忙《いそが》しくさせることになるのだが、それはまた別の話である。

エアル魔法学校《まほう》。王都にあるエンネア王国有数の魔法教育機関。国中から素質のある子供たちを集めて、魔法の教育を施《ほどこ》す。

ソウヤはかつて、この魔法学校というのは画期的なもの、と仲間の魔術師《まじゅつし》から聞いた。

何故《なぜ》なら、魔術師は、自ら魔術を研究し、独自に発展させてきた。その魔術は、術者と弟子《でし》らの秘密とされ、部外者はもちろん、他の魔術師に知られることを極端《きょくたん》に嫌《きら》っていたのだ。

強力な魔法を使えるというのは、それだけでアドバンテージであり、わざわざそれを明かしてライバルたちを強くするのを嫌ったからである。

だが、魔術師の秘密主義は、時に王族や貴族ら権力者にとっては都合が悪かった。

特に戦争になった場合、魔術師は戦力としてどこの勢力も欲《ほ》しがった。ひとりの腕利《うでき》き魔術師は、百の雑兵《ぞうひょう》に勝る――と言わしめられたものだが、複数の魔術師を雇《やと》った場合、能力が見えない故に、その成果にもバラつきが見られた。

軍を実際に動かす用兵家にとっては、この魔術師の秘密主義は戦力計算をやりづらくさせた。過剰《かじょう》に自己を誇張《こちょう》している魔術師がいれば、人前で奥義《おうぎ》を使いたくないと、己の牙《きば》を敢えて伏《ふ》せている者もいたのである。

これはいけない、と王国は、魔術師の戦力の有効活用のため、戦争向け魔術師の育成機関を設立した。戦力計算がしやすく、戦場に魔術師とその魔法を有効活用できるようにしたのだ。

そしてその教官には、当然ながら魔法が使える魔術師を雇用《こよう》した。

ここでひとつの矛盾《むじゅん》が発生する。魔術師たちの多くは、自らの奥義とも言える魔法とその研究を秘密にし、弟子以外に教えることを嫌う。

だが、実際のところ、雇用された魔術師は、魔法の才能があると思われる生徒たちを指導した。

何てことはない、高い給料がもらえたからである。

いかに魔術を極《きわ》めようとも、食っていくためには稼《かせ》ぐしかない。研究のためにはお金もかかることもあるが、そもそもの生活費だって生きていく上では必要なのだ。

「世の中、結局、金なのだ」

ソウヤが言えば、ミストは鼻で笑う。

「その学校に行くのは、ソフィアのためかしら？」

以前、ソフィアが知人のコネで入ろうとしたことがあったが、その知人が亡《な》くなっていたため果たせなかった。

「それとはまったく関係ない。目的は色々だ。例のクレイマンの遺跡《いせき》とか、ガルとソフィアの呪《のろ》いの解き方とか、だ」

調べ物をするなら図書館に。ペルラ姫から遺跡の捜索《そうさく》をお願いされた。何かクレイマンに関する資料などはないかと相談したら、カロス大臣が調べるならば魔法学校の図書館がよい、と助言してくれたのだ。ついでに紹介状《しょうかいじょう》まで書いてくれたので、中に入ることもできるようになった。

ソウヤは王都の街並みから、魔法学校の高い壁《かべ》を眺《なが》める。先日の件で、ソフィアは複雑な表情を浮かべていた。

ソウヤは、大臣からの紹介状を、学校前の門番に見せて、中に入るためのお伺いを立てる。すると突然《とつぜん》、声をかけられた。

「ひょっとして、銀の翼商会の方？」

「はい？」

応じたソウヤに声をかけたのは、眼鏡をかけた青年。魔術師ローブをまとった、細身のその人物。白衣をまとったらどこかの研究員に見えなくもない。

「そうですが」

「やっぱり！　いや、あちらにある浮遊バイク、あれ、勇者ソウヤが乗った流星号ですよね！」

眼鏡の奥《おく》の瞳に宿るは好奇心。青年魔術師は、門の近くに停《と》めてある浮遊バイクを指さした。

「いやー、銀の翼商会については噂《うわさ》になってましたからねぇ。あなたが勇者マニアで、かの英雄勇者と同じ名前のソウヤさん？」

「はい、勇者マニアのソウヤです」

棒読みな返事を返すソウヤ。噂が広まったことが思わぬところで効果を発揮した。ミストが吹《ふ》き出し、セイジも生温かいものを見る目になる。

「ご挨拶《あいさつ》が遅《おく》れました、僕《ぼく》はシートスといいます。この学校で、魔道具関係を担当しています」

魔道具担当の教官だった。なるほど、浮遊バイクに興味を抱くのは当然とも言える。古代文明遺産の中でも、浮遊バイクはその筋では有名だ。

――いや、待て。

「魔道具担当！」

思わぬ僥倖《ぎょうこう》。これは上手くやれば、魔法カードについてのご意見も伺《うかが》えるかも。

「さ、立ち話も何ですし、中へどうぞ」

ちょうど門番の照合も済んだようで、銀の翼《つばさ》商会一同の入場の許可が出た。

重厚《じゅうこう》な造りの校舎があり、外壁《がいへき》からそこまでかなり広いグラウンドがある。その端《はし》では、魔法の実地練習中なのか、生徒たちが魔法による的当てをやっていた。

シートスは笑顔で振り向いた。

「それで、ソウヤさん。今日はこちらにはどのようなご用で？　何か面白《おもしろ》い魔道具とか、古代遺産をお持ちになられたのですか？　特にここではそうした遺産を収集していますからね」

「図書館を借りて、調べ物を……。あー、魔道具の教官がいらっしゃるなら、開発中の商品のご意見も伺いたいですね」

ついでである。商売に繋《つな》げる言葉が自然と出た。

「実は、使い捨て魔法カードというのを試作しているんですが――」

「使い捨ての魔法カード!?　何ですそれ！」

食いつくシートス。――近い近い！

ソウヤは、魔法カードの話をシートスに聞かせた。魔力《まりょく》で作ったカードを触媒《しょくばい》に魔法を発動する。予《あらかじ》め魔法の形を織り込んで作れば、魔術師でなくても魔法が使えるなどなど――

「東洋のフダのようですね……」

さすが魔道具担当の教官である。元ネタについて素早《すばや》く理解した。

「アレは東洋の術士――あ、フダを使う魔術師をそう言うのだそうですが、その術士たちは、僕ら以上に秘密主義なので、こちらではよくわかっていないんですよね。……なるほど、魔力をカード化する。何か特殊《とくしゅ》な紙を使っている説もあったのですが、案外、術士が自分の魔力で作ったものの可能性もあるわけだ――」

ひとりブツブツと言っているシートス。おそらく癖《くせ》なのだろう。独り言なのか他人に言っているのか理解しづらい話し方である。

「フフフ、意外なところでフダの謎《なぞ》が解けるかもしれませんね。そちらのより詳《くわ》しい話を聞きたいのですがよろしいですか？」

「もちろん、試供品もあるので、ぜひシートス教官のご意見を聞かせていただきたい」

この流れに乗っかるソウヤ。

「それで、ですね。まだ試作段階で、いくつかアイデアがあるのですが……」

「ぜひ聞かせてください！」

「もちろんです。でも、すみません。まず図書館で調べ物をさせていただけませんか？　姫殿下からのご依頼《いらい》の件もあってですね、今日は、そちらをメインに訪ねさせていただいたものですから――」

「王族からのご依頼ですか⁉　何だか気になりますね。しかし魔法が絡《から》んでいるなら、僕ら教官で協力できることもあるかもしれません」

「ありがとうございます。……実は姫殿下の依頼以外にも調べたいことがありまして――」

ともあれ、シートスの案内でエアル魔法学校の学校内図書館に入ることができた。

何人かの生徒が自主学習をしているようだが、ソウヤは教官と一緒だったために注目はされたが声をかけられることはなかった。

早速《さっそく》、手分けして探すが、ソウヤはシートスに質問を投げかけた。

「――呪いの魔術ですか」

「呪いをかけられてしまった者がいまして。その解除方法を探しているんですよ」

「それはお気の毒に。……どのような呪いなのですか？」

「ひとつは獣人化《じゅうじん》の呪いという魔族の魔法です」

「魔族の⁉」

興奮気味なその声が図書館に響き、周囲の視線を集めてしまう。後ろでガルが視線を向けると、女子生徒が何故《なぜ》か顔を赤らめた。それとは別に、ソフィアがそわそわしている。

「もうひとつは、魔法が制御《せいぎょ》できない呪いです」

「魔法が制御できない呪い……？」

「魔力は豊富なのに、その呪いのせいで魔法が使えない子がいるんですよ。本当なら、この学校の生徒としても充分《じゅうぶん》にやっていける才能はあると思います」

「それは、何とも……」

シートスは少し考える。

「その子、ここに連れてこられますか？　学校の魔術師で、もしかしたらその呪いに対処できる教官がいるかもしれません」

「ほんと!?」

ソフィアが声を弾《はず》ませた。図書館では静かに——ソウヤはジェスチャーで、ソフィアを抑える。

「それはありがたい。実は彼女《かのじょ》なんです」

早速ソウヤはソフィアを紹介《しょうかい》するが、彼女は名前だけ名乗り、家名は伏せた。おそらく、グラニスカ家の人間と名乗るのが恥ずかしかったのだろう。

まだ魔法が満足に使えないソフィアである。グラニスカの名前を出した途端《とたん》、名門魔術師の家の出ということで否《いや》が応《おう》でも注目を集めてしまうだろうから。

「ソフィアの呪いについて、診《み》てもらえますか？」

「わかりました。医療《いりょう》系の魔術師に声をかければ、すぐに来てくれるでしょう」

シートスが頷けば、ソフィアが途端にニッコリと笑みを浮《う》かべた。一瞬、その笑顔に呆《ほう》けるシートス。美少女に耐性《たいせい》がなさそうだった。

シートスとソフィアが、呪いを調べるために図書館を離《はな》れる。その待ち時間も利用して、ソウヤたちは調べ物を進める。部外者が図書館にいるせいか、自習している生徒が怪訝《けげん》そうにしていたが、それで騒《さわ》ぎになることはなかった。

高い本棚《ほんだな》に囲まれた図書館は広く、本棚の陰《かげ》など死角も多い。だが窃盗《せっとう》対策は完全らしく、図書館の外へ持ち出したりすると警報が鳴って、たちまち警備に捕《つか》まるのだそうだ。

――アイテムボックスの中に入れたら、どうなるんだろ。

思ったが、さすがにそれはただの泥棒《どろぼう》なのでやらない。
・・・

魔法関連書物や、クレイマンの伝説についてざっと調べていたら、あっという間に時間が過ぎた。

ただ、発見はあった。

クレイマン王についての文献《ぶんけん》にあった古代文字の中に、フルカ村で見つけた『何かの』地図に書かれた文字と同じものがあったのだ。

『クレイマン』

その共通した文字で、この地図が、にわかにクレイマンの遺跡に関係するものの可能性が出てきた。

カマルは、素人《しろうと》を騙《だま》す詐欺《さぎ》かもしれない、と口にしていたが、拾いものなので、別段ソウヤたちは損はしていない。あまり手掛かりはないから、古代遺跡が多いバッサンの町に行けば、さらなる情報が見つかるかもしれない。

当たればラッキー、外れても、手掛かりがあるかもしれないなら、悪い話ではない。

ソウヤがそう決めた時、シートスとソフィアが戻《もど》ってきた。

「おかえりなさい。ソフィアの診断《しんだん》、どうでした？　何か分かりましたか？」

「残念ながら」

首を横に振《ふ》るシートス。ソフィアも少々不満顔。

「古代魔術の類《たぐ》いらしいんだけど、観《み》てくれた先生も、解読できないんだって」

「未知の魔法言語です」

シートスは手近な机まで移動すると、羊皮紙を広げてソウヤに見せた。セイジやガルが覗《のぞ》き込む。何やら人の輪郭《りんかく》に、魔《ま》法陣《ほうじん》とそれに繋がる線が描《えが》かれている。

「これは？」

「ソフィアさんの体に刻まれている呪いの魔法を、模写したものです」

全身に入れ墨《ずみ》のように走っている線と、小型の魔法陣が複数。それがソフィアの体に刻まれているという。

「……」

「な、何よ？」

ソウヤとセイジがしげしげと見つめたので、ソフィアが自分の胸を守るように腕《うで》でガードした。

「見たところ、そういうの見えないんだが……？」

「魔法文字を可視化する魔法で、ようやく見えたものです。一般人《いっぱんじん》の目には見えません」

――オレも一般人らしい。

苦笑《くしょう》するソウヤ。

「その可視化する魔法って、服を着ても見えるんですか？」

「いえ、さすがに服があると隠《かく》れて見えませんよ」

「……つまり」

「ばっ、それをここで聞くぅ!?」

ソフィアがソウヤの言わんとしていることを察して赤面した。服があると見えないということは、当然、ソフィアは裸《はだか》になったわけだ。ミストがニヤニヤしている。

「別室で、担当した女性教官の前だけよ」

プイと顔を背《そむ》けるソフィア。シートスは笑う。

「はい、僕も見ていません」

——そうですか、まあ、いいんですけど。

ソウヤは考《かんが》え込む。

「この呪いって、どうやって人に刻むんですか？　何か呪文《じゅもん》みたいなもので、ぱあっとかかるものですかね？」

「診断した治癒《ちゆ》魔術師《まじゅつし》によると、呪いをかける相手の体に直接、魔力を刻みつけたのだろうと言ってました。そうでなければ、これほど精巧《せいこう》な模様など必要ないはずですから」

——それってつまりさ……。

ソウヤは、その言葉を飲《の》み込んだ。

ソフィアに呪いを刻んだのは、彼女を脱《ぬ》がして、時間をかけて作業したということになる。

通りすがりの者が偶然《ぐうぜん》呪いをかけた、という説はなくなる。ソフィアが、そのことを言わないあたり、彼女が眠っている時や意識がない時に施されたものだろうが、そんなことができる者など、限られているだろう。

――こりゃ、家族の中に呪いをかけた奴《やつ》がいるかもって説が、濃厚《のうこう》になってきたってことか。

同時に、この呪いに家族が気づかないのも妙《みょう》だと思っていたが、それにも納得《なっとく》できた。犯人が家族のうちの誰《だれ》かなら、その呪いの事実を口にするはずもない。気づかないのではなく、犯人によって隠蔽《いんぺい》されたのだ。

ソウヤは思ったが、口に出すのはやめた。ソフィア本人にとっては自身の不幸の原因が家族にあるなんて気持ちのいい話ではない。

ソフィアも内心では気づいているのではないか。だからか、その表情は硬《かた》い。

「解除の方法は?」

「この呪いの魔法文字すら翻訳《ほんやく》できないんです。現時点では難しいですね」

シートスは断言した。

「構造がわからない状態で触《さわ》るのは、安全面を考慮《こうりょ》すれば避《さ》けたいところです。一部の欠損が、致命的《ちめいてき》な副作用をもたらすこともありますから」

魔法の専門家にそう言われてしまうと、ソウヤとしてもそれ以上は言えなくなる。

「この古代文字を解読し、適切な方法を探さなくてはいけません。高名な魔術師に当たれば可能性はあります。何せ、呪いを使うことができる者はいるわけですから、必ず解き方はあるはずです」

シートスは、これまたはっきりした口調で言った。わからないが、それでもやるべきことについての指針はしっかりしている。

「ありがとう、先生。こっちもその線で探《さぐ》ってみます」

「はい、僕らも魔法学校の教官の端くれ。未知の魔法文字を前に、わからないままにしておくのは悔《くや》しいですからね。こちらでも解読を進めていきます」

「お願いします」

ソウヤが頭を下げれば、ソフィアもそれに倣《なら》った。

呪いについては謎だらけだが、何もわからないよりは前進したと思う。

・・・

ソフィアの件は、今後継続《けいぞく》して調べていくとして、ソウヤは、シートスに次の相談をぶつけた。

魔族の呪い、ガルの獣人化の件だ。魔族の魔法は、ここでは教えていないし、教える者がいないので彼《かれ》も関心が高かった。

そもそも魔術師という人種は、自分の奥義は秘密なのに、他人の奥義は知りたがるという性分《しょうぶん》の持ち主ばかりである。

が、結局、それについてはよくわからないので、資料を当たりますとの答えだった。

「それでソウヤさん」

「はい？」

最後に、カードの件でシートスから質問された。実物を出して、彼に見てもらう。

「――ふむふむ、一般的《いっぱんてき》な魔法に比べて、詠唱《えいしょう》時間がほぼなく、素早く使用できる点は素《す》晴《ば》らしいですね。これは発動する魔法が予め決まっているから、起動させるだけで魔法になる……これは長所です」

シートスは饒舌《じょうぜつ》だった。好奇心を大いに掻《か》き立てられているのだ。

「ただ、決められた魔法が発動するので、威力《いりょく》や効果範囲《はんい》の調整ができないのは短所ですね。もっともその点は、魔法武器や魔道具と変わらないため、使い捨てであることを除けば、そこまで大きな問題ではないかもしれませんが」

「なるほど」

「しかし、魔法が使えない者や不得意な者がこの魔法カードを使用すれば、持ち込むカードの量によっては、一般《いっぱん》の魔術師に勝るとも劣《おと》らない活躍《かつやく》が見込《みこ》めるのではないでしょうか。……こんなことを本職の魔術師が言うのもなんですが」

シートスは苦笑した。この辺り、彼は正直だった。

「所詮《しょせん》、魔力を使って魔法を使うか、カードを使って魔法を使うかの違《ちが》いでしかないですからね。どちらか一方が決定的に有利だったり、あるいは不利だったりすることはないでしょう」

シートスは、魔法カードをあらゆる角度から眺めながら言った。

「ただ、威力の問題がクリアされたら、国や貴族らは、自分の軍隊にこぞって魔法カードを導入するでしょう。その場合、これまで雇われていた魔術師たちは、戦場ではお払《はら》い箱《ばこ》になる……」

想像してみてください、とシートス。

「魔術師と同等の攻撃魔法《こうげきまほう》を、騎士や一般兵が使えるとしたら？　わざわざ高いお金を出して魔術師を戦場に引っ張り出さなくても済むわけです。気まぐれで、秘密主義で、高慢《こうまん》な態度をとる魔術師と、食事も待遇《たいぐう》も要求しないカード、どちらが使いやすいか」

――断然、後者だな。

魔術師を雇うお金が、実際にいくらかは知らない。だが諸経費を考えたら、魔法カードはカードの購入費《こうにゆうひ》しかかからないので、結果として安上がりになるかもしれない。

軍隊においてかかるお金と言うのは、実は兵器関係よりも人件費関係のほうが割合が高いと言われる。普通《ふつう》に見れば兵器のほうが高いが、人には衣食住が必要で、食費は毎日かかるのだ。もっとも、現代とこの異世界が同じであると考えるのは早計であるが。

誰もが使える魔法カードが戦場を変える。

魔法がうまく使えないソフィアのために考え、同様の悩《なや》みを持つ魔術師や冒険者《ぼうけんしゃ》たちのために考えてきた魔法カード。

だがそれは、一般兵にも簡易に使える兵器としての未来が想像された。シートスの予測は、おそらく現実のものとなるだろう。これは商品化に、より慎重《しんちょう》にならないといけない、とソウヤは思った。

実際、ウェヌスのアジトを攻撃《こうげき》した時に、ソフィアが魔法カードを使用したが、半人前以下の彼女が一流魔術師並みの戦果を挙げた。

一般に流通させれば同じことが起きる。

――これは、権力者たちが欲しがる類いの力だ……。

ソウヤは愕然《がくぜん》とした。自分たちが考えていた商品が、戦場に投入され、大破壊《だいはかい》兵器へと進化していく。

威力を抑えたものを出しても、人は物をより便利に、強く改造することができる生き物だ。手を離れたところで、独自に強化されていくことになるに違いない。

「とはいえ、結局使い手次第《しだい》なんですよね」

シートスは、のんびりした口調で言った。

「剣《けん》や槍《やり》、弓だって武器ですし。魔法カードも戦術レベルの武器にはなるでしょうけど、今だって魔法武器や魔道具が同じことをしていますし」

――だがそういう魔法武器は、そもそも数が少ない。その気になれば大量生産もできる魔法カードと同列に並べていいのか?

「僕個人としては、もっと他のことに魔法カードを使いたいんですよね。ソウヤさん、この魔法カード、どうやって作るのですか?」

――おっとさりげなく、作り方を聞いてきたぞ。

「オレもよくは知らないんですよ。何か魔力をカードの形にするって聞いたんですがね」

企業《きぎよう》秘密って形にすべきなんだろうが、それだとしつこく問われる可能性がある。だから、知らないとあくまで協力的な態度をとって誤魔化《ごまか》す。

「魔力を形にする――ふむふむ」

「すいません。オレは魔法のことは素人なんで、これ以上はわからないですなー」

製作者が魔術師特有の秘密主義を発揮している、という風を装って、これ以上はお断りさせてもらう。

シートスも同じ魔術師なので、魔術師の秘密主義には理解を示した。

「魔法カードが自分で作れれば、自分用にカスタマイズできそうなんですけどねぇ……」

名残惜《なごりお》しさを滲《にじ》ませるシートス。ソウヤとしては、この件は慎重に扱《あつか》うべきだと判断した。シートスや魔術師たちがいない場所で、ミストらと一度じっくり話しておこうと思った。なので、先のことについては保留にした。

「――今日はありがとうございました。色々参考になりました」

「いえいえ、こちらこそ。銀の翼商会さんには、また是非《ぜひ》、来ていただきたい」

シートスは、ソウヤたちとの別れを惜《お》しんだ。そして銀の翼商会が次に来る時のためにと言って一枚の書状を用意した。

「商売でも調べ物でも結構なので、これを出していただければ、学校の敷地《しきち》に入れます。僕の名前での面会状となります。門番に見せれば、僕が呼ばれることになるので、それでお迎《むか》えに上がります」

「ありがとうございます」

一応、大臣からの紹介状があるが、学校教官のものもあれば都合はいいだろう。

「こちらこそ。銀の翼商会さんを指定の業者にしておくので、また何か面白い素材とか魔道具がありましたら、いつでもどうぞ」

・・・

「あー、お腹空《なかす》いたったら、もう！　図書館だなんて、埃《ほこり》っぽくていけないわ！」

アイテムボックスハウスに戻ったら、ミストがそれまで我慢《がまん》していたのか、急に喚《わめ》いた。

調べ物のためとはいえ、字が読めない書けないドラゴンにとっては、退屈《たいくつ》な時間だっただろう。よく問題なしで大人しくしていたとソウヤは思った。

「悪い悪い。モンスター肉のステーキを作ってやるから、許してくれ」

「ヒュドラ肉」

ボソリと、拗《す》ねたような調子でミストは言った。

——ヒュドラ肉だって？

「何かいいことでもあった？」

特別で、次回入手未定の肉だから、何か祝いの時だけにしようと決めた食材である。それを使えと聞けば、何かあったと思うのが普通だ。

「……」

「わかった、ヒュドラ肉だな」

いいことはなかったが、彼女のご機嫌《きげん》直しというやつだろう。それを察したソウヤは、早速バーベキューセットを用意する。

「庭で晩メシにするぞ」

家の中だと焼き肉のニオイが残る。セイジやソフィアが、アイテムボックスハウスの庭に机や椅子《いす》を用意する。

アイテムボックスのある空間は、外であって外でないため、気温がどうとか騒音《そうおん》を気にしたりする必要がない。広いからニオイもこもらない。

夜時間のため、ガルが狼《おおかみ》頭の獣人になっている。体格も何も、昼間のイケメンと違うから、同じ人間とはとても思えない。まだ慣れるには時間がかかるな、とソウヤは思った。

ソウヤは、アイテムボックスからヒュドラ肉を取り出し、刀のような大きさのモンスター包丁で、肉を切断していく。

「決めた！」

唐突《とうとつ》にソフィアは言った。

「わたしが呪いに打ち勝って魔法を使えるようになれば、呪いをかけた奴はビックリするでしょうね」

「――いきなり何だ？」

自身の呪いが解けるかも、と期待したが、魔法学校の教官たちからは無理と言われて落ち込《こ》んでいるかと思ったが。

「わたし、決めたわ。魔法を使えるようになる。それで、呪いをかけた奴を突き止《つと》めて、ぶん殴《なぐ》ってやるの！」

「犯人捕まえて、呪いの解き方を探るほうが早いと思うんだが……」

犯人はソフィアの身内の可能性が高いし、家に帰って調べたら突き止められると思う。

ついソウヤが口に出せば、ソフィアはツンとそっぽを向いた。

「嫌《いや》よ。魔法が使えないまま、犯人に呪いの解き方を聞くって。わたしが見返してやるところがないじゃない！」

つまり、犯人に向かって『お前の目論見《もくろみ》どおりにはいかなかった。ざまぁっ!!』とドヤ顔で言いたいわけだ。これも一つの復讐《ふくしゅう》か。

——本人がそうしたいって言うなら、別にいいんだけどな。

決めるのは自分自身である。人が回りくどい、もっとストレートに解決できるかも、と言ったところで、当人の考えは別なのだ。

——でもこいつは修羅《しゅら》の道だぜ。

何せ、今のところ、呪いの解除の方法はわからない。家に戻って調べるより、手間だろうことは間違《まちが》いない。

「よくわからないけど、その意気よ！」

ミストがソフィアの後ろから抱《だ》きついた。

「あなたには才能はあるんだから、その調子で、どんどん胸を張りなさいな」

「とかいいこと言いながら、人の胸弄《いじ》るなァ！」

何やら大変なことになっているが、仕掛《しか》けているミストは「えー」とか、まるで応えていない様子。

「女の子同士のおふざけじゃない。いつもやってることでしょう？」

「——そういうこといつもやってんの？」

思わず聞いたソウヤ。調理しながらだったので、チラと見ただけだが、ソフィアの顔がこれ以上ないほど朱《しゅ》に染まっている。

「ばっ、いつもじゃないわよ、バカー！　って師匠《ししょう》、やめ――ミストぉ！」

「ワタシはあなたのこと大好きよ。ホールド！」

「はなせぇー！　って、他《ほか》の人が見ているからァ！　あ、ほんと、やめ――」

その言葉に、セイジもガルも、瞬時《しゅんじ》に顔を逸《そ》らして見ないフリを決《き》め込む。

――うん、よくできた野郎《やろう》どもだ。

ソウヤは、網《あみ》に分厚いヒュドラ肉を並べる準備にかかる。

「ソフィア、もう少し辛抱《しんぼう》すれば、たぶん解放されるから」

「は、はやく、してぇー！　ミストぉ！　背中でニオイ嗅《か》ぐな！」

何だかとても大変なことになっているようだが、見ないのが紳士《しんし》というものだろう。ソウヤがステーキを焼き始めれば、ジュッと激しい音が響《ひび》き渡《わた》った。

「なあ、ガル。獣人化の呪いの件、そっちは何かわかったか？　調べていたんだろう？」

「いや、残念ながら」

ガルが近くに寄ってきた。狼頭が近くに来るのを見ると、こいつも肉を狙《ねら》っているのではないか、と思えてしまう。

「そっちは？」

「シートスはわからないってさ」

「そうか……」

肉を焼いている音のせいで、彼の声が非常に聞き取りにくい。ソウヤは声を強くした。

「と言っても！　調べてくれるって話だからな！　まだまだこれからよ！」

「そうだな……」

ガルは頷《うなず》いた。

ステーキが焼き上がる頃《ころ》には、ミストがソフィアから離れて、お食事モード。解放されたソフィアは、近くの椅子に座《すわ》り込んでぐったりしている。

――こりゃ魔力をとられたな……。

それはそれとして、希少なヒュドラ肉ステーキを皆《みな》で食べる。

まだまだ量はあるとはいえ、次の入手がほぼ絶望的な現状、どうにもケチってしまうところがソウヤにはあった。その点、ミストに『ケチケチしない！』と突っ込まれてしまうところまでがセットである。

――でも、そういうのも含《ふく》めて、いいよなぁ。

しみじみと、ソウヤは思うのだ。立場も出身も職業も年齢《ねんれい》も違う男女が集まってワイワイやる。

勇者時代のソウヤにも、愉快《ゆかい》な仲間たちがいたが、その笑顔《えがお》の裏で魔王《まおう》軍との戦いや、傷ついた友人、戦死した仲間、滅《ほろ》びた故郷など、それぞれが抱《かか》えていて、心から穏《おだ》やかにはいられなかったと思う。

もちろん、今の仲間たちも、個々に問題は抱えている。だがソウヤの勇者時代の時ほどの悲愴感《ひそうかん》はない。

——こいつらの問題も、全部解決してやりたいなぁ。

ソウヤは感慨《かんがい》にふけるのだった。

・・・

魔法《まほう》を使えるようにする、そのためにトレーニングをする、と意気込《いきご》むソフィアだが、それができれば苦労はない。

彼女の体にかけられた魔力を制御することを困難にする呪いのせいで、こと魔法に関して、ソフィアの不自由は続く。

とはいえ、まったく駄目《だめ》というわけではなく、魔法カードに頼《たよ》らない魔法を、ソフィアも覚えた。

自らの吐息《といき》を利用したトーチ――指先に吹きかけ、ロウソクに火を点《つ》ける火属性の魔法と、自らの背中方向に炎《ほのお》を放射することはマスターしていた。

「ガル先生、何かコメントをどうぞ」

ソウヤが、暗殺者の青年に振れば、彼は淡々《たんたん》と答えた。

「どちらも実戦向けではないな」

トーチ程度の火では攻撃能力はほぼなく、後ろ向き火炎《かえん》放射など、どう使えばいいのかさっぱりだった。

「肺活量よ！　肺活量っ！」

ミストが吠《ほ》えた。

「あなたの吐《は》く息に含まれる魔力が少ないなら増やせばいいのよ！　もっと大きく息を吸って吐くの！」

――ミストはああ言っているが……。

ソウヤの脳裏《のうり》に、サーカスで火を吹く男が浮かぶ。不意をつくのにはいいかもしれないが、射程は短すぎるし、隙《すき》も大きいから技にするのは向かないと思う。

「ミストも、指導者としての化けの皮が剥《は》がれてきたかもしれない」

所詮はドラゴンである。人間の魔法とは、また違う社会で形成された技を使う。そもそも、呪《のろ》いというハンデがあるソフィアには、いかにドラゴン流の指導でもできないことはできないのだ。

「参考にはなる」

ガルがそんなことを言った。

「おかげで、俺《おれ》も、口から火炎を吹き出す魔法を使えるようになった」

「マジかよ⁉」

ソウヤはビックリしてしまう。このイケメン、何気に珍妙《ちんみょう》かつ新たな攻撃手段を会得《えとく》したらしい。

――狼男《おおかみおとこ》って火ぃ吹けたっけ？

「それはともかく、他に何かあったっけ？　ソフィアの魔法発動に使えそうなもの」

「血」

ガルが、自身の指先を切るような仕草をとる。

「血液中の魔力を触媒にする方法がある。だがこれは、魔法カードを使うのと同じだから、カードがあるなら、血を使う必要はない」

「カード自体が純粋《じゅんすい》な魔力だもんな……」

つまりは、以前と何も変わっていないということか。

「そういえば……」

思い出したようにガルが言った。

「まだ完全ではないが、ソフィアは新しい魔法に挑戦《ちょうせん》していたぞ」

「ほほう……？」

ぜひ聞きたいね、とソウヤは促《うなが》す。

「無地の魔法カードがあるだろう？」

「ああ、何の魔法も込めていない魔力だけのカードな」

それに魔法文字を刻んでオリジナル魔法を使うなど、バリエーションを増やそうと考えていた。使用者の魔法イメージを注《そそ》ぎ込むことができるので、従来のカードより威力や効果、範囲など調整ができる。

「あれを自分で作れるようになった」

「……それって、ミストがカードにしていたのを、ソフィア自身でできるようになったってこと？」

「そうだ」

ガルはそこで眉《まゆ》をわずかにひそめた。

「ただ、彼女は魔力を制御することが不十分だから、魔力の塊《かたまり》としてのカードを作るだけだ。そのカードに何かしら魔法が発動できるように仕込《しこ》むことはできないらしい」

「それで無地の魔法カードね……」

だが、シートスが欲《ほ》しがっていたカードではある。自分で魔法文字を刻んだり、変換《へんかん》させてカスタマイズしたいという人間には、打ってつけではないか。

――作り方は教えずに、普通に無地のカードを販売《はんばい》するのはありかもしれないな。

「彼女の背中から、無数のカードが吹《ふ》き出す様は圧巻だった……」

「なにその、トランプマジックみたいなヤツ！」

手品師の帽子《ぼうし》から、トランプが噴射《ふんしゃ》されるような光景が、ソウヤの脳裏によぎった。美少女が集中して、その背中からカードをたくさん飛ばす――シュールだ。

「基本的、形になるのは発動の一回だけなんだ。カードを作れるようになった、とはいったが、要するに、火とか水とか雷《かみなり》だったりは、背中の一部からは普通に出る。それと同じだ」

背中から放つという特異な体質である点に目をつぶれば、一応、魔法を使っているわけだ。それができるようになったという部分は、成長と評価してもいいのではないか。

「その派生で、武器などを背中から出せないか、思案中らしい……」

「あの娘《こ》、どこに行こうとしてるんだよッ⁉」

魔法を使えるようになるという気持ちはわかるが、ソフィアがおかしな方向へ向かっている気がする。背中から武器を生やすとか、ハリネズミか？　それでいいのか、ミスト先生⁉

「いっそ、投擲《とうてき》武器を出して、それを投げさせるか？」

もう魔法でもない気がする。飛ばした武器を遠隔《えんかく》コントロールできれば……無理か。飛ばしたものを魔力で操《あやつ》れれば、それは立派な魔法だ。だが今のソフィアにはそれはできない。

ただ、できることが増えているなら、それは成長していることではある。その道も平坦《へいたん》ではなく、さらに呪いというハンデが重くのし掛《か》かってくるのだが。

意欲はある。頑張《がんば》っているのもわかる。呪いを解けるような大魔術師《まじゅつし》を早く見つけたいところだ。

問題は、誰に当たればいいか、まったくわからないところだ。有名な魔術師に当たればいいのか。少なくとも、エアル魔法学校にいるシートスですら、誰がという部分で指名できなかった。

それもこれも、魔術師の秘密主義のせいだ。有名だが、世間からひきこもっている魔術師ほど、己《おのれ》の魔法を隠すものだから、誰が、どんな魔法を使うかの全容を把握《はあく》するのは、同じ魔術師でも不可能なのだ。

——有名魔術師っていうと、ソフィアの実家もそうなんだよなぁ……。

でも当人は近づきたくないとおっしゃっている。これは何か、別のところで探すしかないかもしれない。

ちなみに、ソウヤはミストと、魔法カードの商品化について話し合った。シートスが予想した件も伝えた。

やがて戦場で活用される兵器に進化するかもしれない、という推測もあるが、当面は開発のほうだけは進めておこうということで決着がついた。

同時に、ソフィアが作れるようになった無地の魔法カードを、シートスなどの一部の魔術師に売りつけて、カードの可能性をテストさせることにした。

範囲を絞《しぼ》っての、商品化である。これでルートさえあれば、ソフィアが独立した時の副業くらいにはなるだろう。

・・・

クレイマンの遺跡《いせき》の手掛《てが》かりを求めて、バッサンの町へ行く。

だがその前に、エイブルの町に向かう。契約店《けいやくてん》に納品をしないといけないからだ。バッサンの町での用がどれくらい掛かるか、予想がつかないせいでもある。お得意様にご迷惑《めいわく》をお掛けしないよう一声、というやつだ。

かくて、ソウヤたち銀の翼《つばさ》商会は、王都を離れて、エイブルの町へと移動した。道中、これといって問題もなく、無事にコメット号は町に到着《とうちゃく》した。

まず、戻ったら商業的パートナーであるメーヴェリング商会へ。そこの娘《むすめ》のアリアには、行商をする銀の翼商会に、商品の紹介《しょうかい》や情報の提供をしてもらっている。

「そうそう、冒険者ギルドがざわついていたわよ」

アリアは、ややもったいぶってソウヤに言った。

「何でもダンジョンに、ミスリルタートルが出たとか、どうとか」

「ミスリルタートル……」

ほう、あのバカでかい陸亀《りくがめ》か――ソウヤは頷く。そのカメ型のモンスターは、甲羅《こうら》に無数のミスリル鉱物の結晶《けっしょう》でできた棘《とげ》を生やしていた。

全長は10メートルクラス、大型のリクガメといった姿であり、ノシノシと闊歩《かっぽ》する姿は、堂々たる陸の王者の貫禄《かんろく》があった。

甲羅を含め、とにかく硬いことで有名だ。その巨大《きょだい》カメの天敵とも呼べる存在は、ほとんどいない。かのドラゴン種でさえ、匙《さじ》を投げる堅牢《けんろう》さというのがもっぱらである。主食は、地下の鉱物。地面を掘《ほ》って、岩や土ごと、その大きな口でガブリと食《く》らう。体の硬さは、鉱物を取り入れているせいだろう。

取り立てて凶暴《きょうぼう》なわけではないが、ダンジョン内の鉱物が採掘《さいくつ》できるエリアに入り込んでしまうと、あらかた平らげてしまうため、採掘系冒険者や出稼《でかせ》ぎドワーフたちから猛烈《もうれつ》に嫌《きら》われている。

始末が悪いのが、このミスリルタートルを倒《たお》すのがドラゴン並か、それ以上に難しいということだ。数は多くない上、ダンジョンでも深い部分に生息しているので、滅多《めった》に遭遇《そうぐう》しないのが幸いだった。

遭遇しても、苦労ばかりで倒せないなら基本スルーの方向ではあるが。

「出たのか?」

「目撃《もくげき》情報らしいんだけど、どうにもはっきりしないみたいなのよね。……でも本当にミスリルタートルが出たら、今以上に騒《さわ》ぎになるわね」

何か言いたげなアリア。ソウヤはため息をついた。

「もしいるなら叩《たた》いてほしいって顔をしてるぜ?」

「あら、わかる？」

アリアは目を細めた。

「普通なら、いかにミスリルを背中に山盛りでもスルー推奨《すいしょう》なんだけれど、どうも、目撃されたのが浅い階層らしいのよね。はぐれだと思うんだけど、はぐれは見境がないから、即排除対象《そくはいじょ》」

あの巨体《きょたい》で、ダンジョンの外に出ることにでもなれば、町はミスリルタートルに蹂躙《じゅうりん》される。町にある金属や、採掘された鉱物を食らい尽《つ》くし、建物を潰《つぶ》していくだろう。

「町と店が破壊《はかい》されてはたまらないわ。ソウヤだったら、ミスリルタートルも倒せるのではなくて？」

ヒュドラ殺し。銀の翼商会は、そっちの方面でも名が売れ出している。

「確かに、町に被害《ひがい》が出るのは困るな。わかった。ちょっと冒険者ギルドで聞いてくるよ」

ソウヤは了承《りょうしょう》した。

メーヴェリング商会を出て、次に寄ったのは、モンスター肉専門焼肉の『丸焼き亭《てい》』。定期的に魔獣肉《まじゅうにく》を納品しているが、醤油《しょうゆ》とそれを使ったステーキタレが大変好評で、前回の倍の購入《こうにゅう》希望を受けた。

銀の翼商会では、まだ余裕《よゆう》があるので販売。しかし、他にも醤油の購入希望があるので、近々タルボットの醬油蔵には、追加で仕入れなければならない。

——こりゃ、タルボットも来年以降の生産量を増やさないと、供給が追いつかなくなるかもな……。

他にも調味料を派生して作ってもらいたかったが、まずは醬油の増産体制を固めるのが先か。醬油くれ、で、ポンポン出てくるわけではないのだ。

注文増加につき、醬油の生産量を増やしたほうがよい、と転送ボックスで手紙を送っておく。設備増設の費用はこちらでも支援《しえん》する旨《むね》も書いておく。今は醬油の安定供給のために先行投資だ。

他に二、三、顧客《こきゃく》を回り、荷物の引き渡しなどを済ませておく。行商ついでの運送業の仕事も、なかなか増えてきた。

その後は、アリアから聞いた情報を確かめるべく冒険者ギルドに顔を出す。今回は銀の翼商会の新人であるガルを、ギルマスのガルモーニに引き合わせる。

暗殺組織ウェヌスが、先日壊滅《かいめつ》したことも報告しておく。おそらくカエデは安全だ、と言ったら、ガルモーニは「そうか」と安堵《あんど》した。

「ウェヌスを潰したのは、お前たちか？」

「売られた喧嘩《けんか》を買っただけですよ」

首を突っ込んだことは認める。

「そういや、ここらで魔族《まぞく》の噂《うわさ》とかあります？　壊滅したウェヌスですが、内部に魔族が入り込んでいて、悪事を働いていたんですが」

「魔族が……？」

ガルモーニは腕《うで》を組んで考える。

「いや、特に聞いていないな」

「そうですか。三カ月前のスタンピードの件もありますからね。魔族の動きには注意が必要です」

先日も一つ村がやられた。ソウヤが指摘《してき》すれば、ガルモーニは「了解《りょうかい》した」と答えた。

――それはそれとして。

「メーヴェリング商会で小耳に挟《はさ》んだんですが、ダンジョンにミスリルタートルが現れたとか？」

「目撃例《もくげきれい》が報告されている。面倒《めんどう》なことに、比較的《ひかくてき》浅い階で。……だが正直に鵜《う》呑みにしていいのかわからん」

「どういうことです？」

「目撃した奴《やつ》が酒飲みでな。おそらく浅い階層らしいが、正確にどこで、と言われるとはっきりわからんのだ」

あらま——それは面倒だとソウヤは頷いた。

「他に誰《だれ》かやりましたか？」

「ああ、捜索《そうさく》させたよ。だが今のところ、見つかっていない。飲み過ぎて幻覚《げんかく》でも見たんじゃないかって、思い始めている」

「だとしたら、はた迷惑な話ですね」

「居たら居たで、退治が大変なんだがな。……頭が痛いよ」

「それじゃ、モンスター肉や素材の仕入れも兼《か》ねて、ちょっとオレらで見てきますよ」

「頼《たの》めるか？　すまんな、ソウヤ」

ガルモーニは、ソウヤの銀の翼商会なら何とかできるだろうと信じて、送り出すのだった。

・・・

銀の翼商会は、エイブルの町のダンジョンへ突入《とつにゅう》した。

パーティーメンバーは五人。前衛はソウヤ、ミスト、ガルで、後衛はセイジとソフィア。

そして前衛のガルであるが、偵察《ていさつ》やトラップ解除などのシーフ系技術にも通じていて、探索《たんさく》面でミストの負担が激減した。一枚より二枚。よりパーティーに厚みが出てきた。

肝心《かんじん》のモンスター肉の仕入れ作業である。向かってくるモンスターは返り討《う》ち。

「餌《えさ》にするつもりできたなら、自分も餌になる覚悟《かくご》はあるんだよなぁ！」

ソウヤは巨大カニの甲羅ごと斬鉄《ざんてつ》で叩き潰す。大抵《たいてい》のモンスターは、ぶん殴ることでダウンする。

大トカゲ、巨大ヘビ、吸血コウモリ、ゴブリン、オーク、コボルト、スライム、スケルトン、巨大サソリ、大ネズミ、ツメモグラ、ワームなどなど、ダンジョンの住人は、侵入《しんにゅう》者《しゃ》に牙《きば》を剥《む》く。

肉が取れるものは倒したら、アイテムボックス行きだ。それ以外は排除《はいじょ》する。

「燃えろ！　ファイアーボール！」

ソフィアが魔法カードの魔法で、スケルトンたちを焼却《しょうきゃく》する。

「火葬《かそう》はお嫌い？　そう？」

彼女《かのじょ》も経験を重ねることで、魔法カードの扱い方《かた》に無駄《むだ》がなくなってきた。ミストから魔法を教わる一方、セイジからはモンスターやダンジョンについて教わって勉強しているのも大きい。

ガルは、ショートソードやダガーなどの近接武器をメインに、敵魔獣《まじゅう》に対してヒット&アウェイを仕掛けている。敵の側面や後方を突いて、一撃《いちげき》で倒す戦闘《せんとう》スタイルだ。

奇襲《きしゅう》で倒せば楽ができる――とにかく戦いを長引かせない。

正面から打ち合うような時は、敵の攻撃を回避《かいひ》、もしくはパリィしてのカウンターが炸裂《さくれつ》。実に鮮《あざ》やかな手並みだった。毒を持つ巨大サソリのハサミ腕や、尻尾《しっぽ》の針を食らわずに仕留《しと》めてしまうのは見事である。

また、ガルは初めて戦うモンスターには、セイジから助言を仰《あお》いだ。あの無表情な殺し屋も、素直《すなお》というのか、あるいは先人の知恵《ちえ》に敬意を抱いているのかもしれない。

「投擲」

暗殺者は、ポツリと呟《つぶや》くように魔法カードを使った。魔法カードを投げナイフに変化させて、素早《すばや》いコウモリを撃墜《げきつい》する。

ソウヤが見たところ、ガルは、魔法カードを武器に変化させるのを好んでいるように感じた。大トカゲの意外に硬《かた》い外皮や、オークなどの武器と打ち合わせていると、時々、剣が折れて、消滅《しょうめつ》してしまうが、すぐに魔法カードで次の剣を具現化させて対応する。

今は魔法カードで作った武器を使っているが、丈夫《じょうぶ》で長持ちする専用武器でもロッシュヴァーグに作ってもらうか、とソウヤは思った。

「お、銀の翼商会だー！」

ダンジョンを進んでいると、先行していた冒険者とすれ違《ちが》う。

いつものように、水や食料などを売る補給活動をする。ダンジョン内で、新鮮《しんせん》な料理を売っているのは銀の翼商会だけ！　という感じで、馴染《なじ》みの冒険者たちを相手にする。

その冒険者一行は肉食恐竜《きょうりゅう》型魔獣のライノザウラを倒し、その角を戦利品として運んでいた。獰猛《どうもう》な肉食魔獣に手を焼いたものの、角一本でしばらく遊んで暮らせると、その冒険者たちは上機嫌《じょうきげん》だった。

「もうちょっと探索したかったけど、この角、結構重いからね」

と、探索を切り上げてきたらしい。

それを見て、ソウヤは荷物運びの代行も面白《おもしろ》そうだと思った。

ダンジョンでお客の荷物をアイテムボックスで預かり、外に戻《もど》った時に預かっていた荷物を返す。

セイジがかつて荷物持ち——つまりポーターをしていたのだが、それをアイテムボックスでやるのだ。違うのは直接同行せず、あくまで荷物を預かっておくだけ、というところか。

ただ口頭のやりとりだと、預けた、預けてないでトラブルになりそうだ。きちんと対策を考えておかないといけないだろう。

預けてもいないのに、難癖《なんくせ》、いや詐欺《さぎ》を働こうとする奴も世の中にはいる。それだけならまだいいのだが、人間の記憶《きおく》は案外いい加減なので、本当に預かっていたのに、ソウヤのほうで忘れているとかもあり得る。

何らかの事情で、すぐに取りにこなかった場合とか、初見さん相手だと、預かりが本格化したら、記憶だけでは不安でしかない。

よくホテルの預かりで、フロントから渡される番号札がいいか。それと引き換《か》えなら、番号と荷物をタグ付けしておくことで、番号を見れば荷物を渡すことができるだろう。

――ふむふむ、これ受け取り場所を冒険者《ぼうけんしゃ》ギルドにできないかな……？

同行しない以上、双方《そうほう》がダンジョンの外で出会うタイミングはおそらく異なる。待ち合わせ場所を決めておけばいいのだが、銀の翼商会は、色々なところを行ったり来たりしている。

もし冒険者ギルドを利用できるなら、クエスト報告に訪《おとず》れた冒険者が、そのままギルドで荷物を受け取る、なんてできそうだ。今度、ガルモーニに話してみよう。

「それで、一つ聞きたいんだが、ミスリルタートルを見たか？　山みたいに大きな奴なんだが」

「いいや、見ていないな」

冒険者たちは首を横に振《ふ》った。

・・・

適度に休息を取りつつ、ダンジョンを進む。

大体のダンジョンでは、奥《おく》に行けば行くほどモンスターのランク、つまり強さが上がっていく。それに比例するように、倒したモンスターの戦利品の価値も上がる。

だが慌《あわ》てて、ダンジョンの深い階層を行くのは命取りである。とくに、実力のない者は、ダンジョンの浅いところで経験を重ねて、少しずつ奥へと進めていくのが大事だ。

己の能力を把握できない無謀《むぼう》な探索は、早死にするだけである。

ソウヤを中心に、ミストと新戦力のガルが上級冒険者レベルの力を発揮して、ダンジョンを進撃《しんげき》中。すると、ミストが目を鋭《するど》くさせた。

「臭《にお》うわね……。あのカメの臭いだわ」

「やっぱりいたんだな、ミスリルタートル。ミスト、先導してくれ」

「了解」

ミストの探知能力にあの巨大カメも引っかかった。やがて、何やらガリガリと音が聞こえてくる。ソフィアが目を見開いた。

「何の音？」

「ミスリルタートルがダンジョンの壁《かべ》を喰《く》っている音だな」

あの巨体でどうしてダンジョンを動けるのか？　答えは壁を食べて掘り進《すす》めるから。

だだっ広いエリアに到着する。洞窟《どうくつ》の中のはずなのに、丘《おか》や森が存在しているくらいの広さだ。

「――やっぱ、ダンジョンってやつは不思議だ」

丘から周囲の景色を眺《なが》めれば、巨大なリクガメが、のそのそと歩いているのが見えた。

背中の甲羅に水晶《すいしょう》のような塊を無数に生やしている。

「大きい……！」

丘からその姿を見やるソフィアは、言葉を切った。ミストが苦笑《くしょう》した。

「どうやらお食事は飽《あ》きたようね」

久しぶりにミスリルタートルを見たが、その大きさはさながら怪獣《かいじゅう》映画のようである。

ガルとセイジは、冷静にミスリルタートルの姿を観察する。

「セイジ、お前は、ミスリルタートルは初めてか？」

「姿は、一回見たことがあります」

セイジは答えた。

「ただ、前の冒険者パーティーは、ミスリルタートルに決定的なダメージを与《あた》えることができず逃《に》げましたけど」

「まあ、無理もないよな」

「あの亀《かめ》、ドラゴンブレスを食らっても平然としているのよ」

ミストがどこか苛立《いらだ》ちを滲《にじ》ませる。

「物理攻撃《こうげき》も耐《た》えるし、魔法もほとんど効かないっていうんですもの。そりゃ人間の手には余るってものよね」

「じゃ、師匠。魔法カードも、あの巨大カメには通用しないってこと？」

ソフィアが聞けば、ミストは頷いた。

「魔法だけじゃないわ。生半可の剣《けん》じゃ、かすり傷くらいしかつけられないわ」

「じゃあ、どうやって倒すのよ？」

当然のソフィアの疑問。皆の視線が、質問者のソフィアからソウヤへと向いた。

「そりゃもちろん、ぶん殴るだけさ。まあ見てなって」

豪腕《ごうわん》勇者は、斬鉄を肩《かた》に担《かつ》いでたっぷりの自信と共に告げた。

ミスリルタートルはデカい。

大の大人の数倍の高さがあるが、これは甲羅の上のミスリル結晶も含めてで、それでもかなりの威《い》圧《あつ》感がある。

特徴《とくちょう》は、とにかく硬い。その装甲《そうこう》をぶち破るなら城門を破壊する破城槌《はじょうつい》などの攻城《こうじょう》兵器が必要だろう。だがその十数人がかりの突撃《とつげき》でも、数発は耐えてしまうタフさがある。そもそも破城槌だと、微妙《びみょう》にミスリルタートルの顔面の高さに届かなかったりする。

ソウヤは斬鉄を担いで、ミスリルタートルの進路上に立ち塞《ふさ》がる。ミスリル結晶を背中に生やした大亀は、平然と進み続けてソウヤを踏《ふ》み潰す構えだ。こういう巨大な生き物は、自分より小さな存在を何とも思っていない。人が蟻《あり》を気にしないのと同じだ。

すっとソウヤは呼吸を整える。そして地響《じひび》きと共に近づいてきたミスリルタートルに肉《にく》薄《はく》。ジャンプして、渾身《こんしん》の一撃を、ミスリルタートルの顔面に叩きつけた。

確かな手応《てごた》え！　そしてその瞬間《しゅんかん》、巨大水晶《きょだいすいしょう》カメの首がもげた。

「!?」

地面に突き刺《さ》さるようにミスリルタートルの頭が激突《げきとつ》する。地響きが止まった後、分断された首から遅《おく》れて血がドバドバと流れ出た。

ソウヤは斬鉄を担ぎ直す。見守っていた者たちの反応は人それぞれだった。

ミストはニヤリと笑《え》みを浮《う》かべ、ソフィアは「ウソ？」と目の前の光景が信じられないようだった。セイジは開いた口がふさがらず、ガルは表面上の反応は薄《うす》かったが、いつもより目を見開き、彼《かれ》なりに驚《おどろ》いていた。

頭を失い、固まっているミスリルタートルを、ソウヤはさっさとアイテムボックスに収納した。

「そういや、ロッシュがミスリルを希望してたっけ」

細かな解体は後にするとして、魔獣の肉も調達できたので、そろそろ帰ろう。

「ちょ、ちょっと待ってよ、ソウヤ」

ソフィアが近くにきて、声を張り上げた。

「あ、あんな大きなモンスターを、い、一撃で⁉」

「落ち着け」

やんわりと言うソウヤ。ソフィアは目を回した。

「落ち着け、ですって？　だってあの亀、ドラゴン並みに硬くって、魔法も効かないバケモノなんでしょ⁉　でも、あなた、たった一発で――」

「まあ、正面から叩いたら、何発か耐えるかもしれないって思ったからな。思い切ってジャンプして上から叩いたら、うまくいったよ」

「上からって……そうじゃなくて！　えー、もういいわ。何なのよこの人」

微妙に噛《か》み合っていなかったようで、ソフィアは頭を抱えた。ニヤニヤしながらミストがやってくる。

「さすがね、ソウヤ」

「オレももう少し手間取ると思ったんだけどな。まさか頭が取れちまうとはなぁ」

正直予想外だった。頭を抱えていたソフィアが振り返る。

「師匠ぉー、これ、さすがの一言で済ませちゃっていいの……⁉」

「いいんじゃやない？」

ミストは何も疑問に思っていない。ソウヤがかつて魔王を倒した勇者であることを知っている者からすれば驚くに値《あたい》しない。

未《いま》だ受け入れられないソフィアに、セイジが告げる。

「ソウヤさんは、ヒュドラを退治した人だし……」

「え、ヒュドラを⁉　ソウヤが？」

落ち着かせるはずが逆にビックリしている。ソウヤは首を傾《かし》げる。

「あれ、知らなかったっけ？」

てっきり知っているものと思ったが、そう言えば話していなかったかもしれない。

「まあ、どうでもいいけどな」

「いいの⁉」

細かいことはセイジにでも聞いてくれ、とソウヤは周囲を警戒《けいかい》しつつ歩き出す。

「ソウヤ、一つ聞いてもいいか？」

「なんだ、ガル？」

元暗殺者の青年は、ソウヤとは逆の方向を警戒しながら言った。

「いつも、こんな調子なのか？」

「いつも、とは？」

「いや……何でもない」

「うん？」

ガルが打ち切ったので、いいのだろう。

ともあれ、ミスリルタートルは討伐《とうばつ》した。その背中の甲羅に生えるミスリル鉱石は、ソウヤたちのものであり、ロッシュヴァーグから受けていた依頼《いらい》にも全然余裕である。

ぶっちゃけ、一匹倒《ぴきたお》すだけで、ドワーフのミスリル鉱山から採掘される量の一年分に軽く匹敵《ひってき》するので、これだけでも遊んで暮らせる金額になる。

だが世間で、ミスリルタートル狩《が》りが流行《はや》らないのは、討伐の困難さ故だろう。ダンジヨン奥深《おくふか》くに、大人数で移動する難しさ。モンスターは他《ほか》にもいるし、深部のそれは凶悪《きょうあく》にして凶暴。そこらの騎士団《きしだん》を投入したとて、多くの犠牲《ぎせい》を出した上で目的を果たせなかったという事例は古今少なくなかった。一発逆転を狙《ねら》った落ち目貴族の軍勢がそれで全滅《ぜんめつ》した、なんて話もあるくらいである。

とはいえ、ソウヤたちはミスリルタートルを仕留めたわけだが、その素材を一気に放出すると周囲に影響与《えいきょうあた》えまくりなので、必要量だけを出すに止める。しかしこれで当面、ミスリルが欲しいと言われたら即販売《そくはんばい》できる。

なお、ミスリルタートルは、ミスリル以外にも鉱物が結晶化《けっしょうか》していることがあり、たまに宝石が、その甲羅に生えていることがある。しかもダンジョン産で魔力の保有量も高いので、魔道具の触媒《しょくばい》などにも利用される。

そしてタートルの甲羅や、その厚い外皮なども防具にするには打ってつけの耐久性《たいきゅうせい》を誇《ほこ》っている。繰《く》り返すが、ドラゴン並みの装甲なのだ。

「ワタシとしては、ミスリルタートルのお肉のほうが気になるわ」

ミストは、希少なモンスター肉のほうに御執心《ごしゅうしん》だった。

「ブレないなぁ、お前」

厚い外皮の先にあるタートルの肉は、果たしてどのような味なのか。丸焼き亭に持っていったら、どんな料理にするか楽しみである。

・・・

エイブルの町のダンジョンで、モンスター肉の仕入れと、ミスリルを手に入れたソウヤたち銀の翼商会。皆《みな》で、ミスリルタートルの肉を試食して休息をとる一方、ソウヤは冒険者ギルドに赴《おもむ》いて、ギルマスにミスリルタートルを仕留めたことを報告した。丸焼き亭にも、ミスリルタートルの肉の土産《みやげ》ができた。

「お前たち、あのミスリルタートルを倒してきたのか⁉」

予想できたことだが、ガルモーニは勢いよく立ち上がる程度には驚いた。

「何人だ？　何人でミスリルタートルを倒した！」

一瞬《いっしゅん》、銀の翼商会全員である五人と答えようとしたが、ソウヤは思《おも》い留まる。

——そういやオレ以外、何もしてないな。

ソウヤは自分を親指で指し示し、にっこり。ガルモーニはため息をつきつつ、椅子《いす》に腰《こし》を下ろした。

「ヒュドラとガチで殴《なぐ》り合うお前さんだからな。驚きはしたが、そうなのだろうよ。何かコツはあるのか？」

「飛び上がって、上から頭を叩いただけですよ。そしたら首がもげちゃった」

「はぁ!?　……何という馬鹿力《ばかぢから》だ」

「力だけは自慢《じまん》ですから」

ソウヤは快活である。

「ヒュドラみたいに首がいくつもあって波状攻撃しかけてこなかったから、一発気合い入れて叩けますよ」

「お前、勇者マニアじゃなくても、本物の勇者とタメを張れるんじゃないか」

「褒《ほ》めないでくださいよぅ」

――オレがその勇者だ。

「で、その勇者マニア君。倒したミスリルタートルの素材や鉱物についてだが」

「うちは商人ですからね。買いたいっていうものについては、相応の値で売りますよ」

独り占《ひとじ》めするつもりはない。それに素材として持つだけでなく、ある程度は換金《かんきん》しておきたい。

「あと、丸焼き亭に肉を持っていくつもりです」

「アニータが喜ぶだろうな」

モンスター肉を扱《あつか》う店にとって、希少なモンスターの肉は、まさしく垂涎《すいぜん》の品だ。

「あー、そうそう、話は変わるが、ちょっと新しいサービスのアイデアがあるんですが、相談に乗ってくれます？」

ソウヤは、思いつきであるアイテムボックスを利用した預かりサービスについて、ガルモーニに説明した。

話を聞いたギルマスは、『面白いアイデアではあるが現状は難しいな』とコメントした。

まず、ギルドを受け渡《わた》しの場にするのはいいが、慈善活動ではないので場所代、預かり料金がかかる。

そしてダンジョン内で預かりを受けるのが、銀の翼商会のみしかできないのもよろしくない。毎日ダンジョンにいるのならともかく、そうでないなら預かりの件数はさほど多くないと予想される。

そうなると、預かり物のスペースやカウンター業務など、費用対効果の面で冒険者ギルドは得をしない。預かり料金が高額になれば、多少は採算が取れるかもしれないが、よほどの希少品でもなければ冒険者たちも利用しづらくなる。何か上手《うま》い手を考える必要があるという結論に達した。

アイデア披露《ひろう》の後は、いつもの通り、情報交換《こうかん》と今後の取引についての雑談を交《か》わし、今回は終了《しゅうりょう》。治癒《ちゆ》の聖石とか復活アイテムなど、手に入れた話があれば銀の翼商会が買い取るので、冒険者たちに声をかけておくことを引き続きお願いした。

その後、丸焼き亭に立ち寄れば、いつもと違うタイミングでの来訪に驚かれたが、ミスリルタートルの肉という希少肉にアニータ店長は歓喜《かんき》した。

「うわぁ！　ひと通り、しかもどこの部位も新鮮なままあるなんて、銀の翼商会さんは最高よっ！」

「何か旨《うま》く食べる調理法があったら教えてください」

ソウヤは高額取り引きに満足しつつ、丸焼き亭を後にした。

さて、今後の予定だが、ペルラ姫《ひめ》のご依頼である、クレイマンの遺跡探しを行う。遺跡が多くあるというバッサンの町を目指しつつ、近くにある他の辺境集落の巡回《じゅんかい》をする。

第三章

老魔術師との出会い

グラ村は、魔族の魔術師の張った結界に覆《おお》われていた。

この結界は、あらゆる者の侵入《しんにゅう》、そして脱出《だっしゅつ》を拒《こば》む魔法《まほう》だ。小さな集落とはいえ、全体を結界で覆うのは、魔術師の力が優《すぐ》れている証明でもある。

魔族の魔術師、トカゲ魔族のカイダは舌を覗《のぞ》かせる。緑色の皮膚《ひふ》、フード付きの黒の魔術師ローブをまとうトカゲ顔の女性魔術師だ。

「さあさ、大人しく家から出ておいでェ。じゃないと家ごとペシャンコよぉ！」

巨岩《きょがん》が空から垂直に落下して、民家のひとつを押《お》しつぶす。

「見事見事！」

パンパンと手を叩くカイダ。その周りで慌てふためくは村人たち。悲鳴が木霊《こだま》し、子供の泣き声が響《ひび》く。

「あー、耳障《みみざわ》りだァ！　マーロ！　さっさとその子供から魂《たましい》を引っこ抜《ぬ》いておしまい！」

「はい、お師匠《ししょう》様！」

答えたのは、ダークエルフの女性魔術師《まじゅつし》。名をマーロ。二十代前半とおぼしき女で、師であるカイダとおそろいの魔術師ローブ姿だ。

「はーい、お嬢《じょう》ちゃん。静かにして、お口を開けてねぇ」

マーロは泣いていた少女のもとに、瞬時《しゅんじ》に移動すると、その子供の顎《あご》を押さえて、口を開けさせた。

「はーい、じゃあ魂をお口からバイバイしますからねぇ。大丈夫《だいじょうぶ》、痛くない痛くない――」

直後、ドーンと激しい破壊音がして、少女の口に突《つ》っ込《こ》みかけたマーロの手が止まった。

そして苛立ちを露《あら》わにする。

「お師匠様！　うるさいです！　壊《こわ》すのは向こうで――」

「アタシじゃないさね！　マーロ！　結界が破られた！　魔法よぉ！」

反射的に飛び退《の》くダークエルフの魔術師。鋭い氷の塊《かたまり》が、少女の近くを通り抜けた。

「危ないわねぇ！　女の子に当たったらどうするんですかぁ？」

「当たらないわよ」

マーロの目の前に、漆黒《しっこく》の髪《かみ》を振り乱した漆黒の戦乙女《いくさおとめ》が槍《やり》を手に迫《せま》っていた。

「そう計算して飛ばしたからね！」

「くっ！」

たまらず魔法の障壁《しょうへき》を展開。戦乙女の槍の穂先《ほさき》が障壁に触《ふ》れて、マーロは攻撃を避《よ》けたが反動で吹《ふ》き飛ばされた。

何という馬鹿力！

近くの民家に叩きつけられ、その藁葺《わらぶ》きの屋根を貫通《かんつう》した。

弟子《でし》であるマーロが吹き飛ぶのを見たカイダは激昂《げきこう》する。

「なによ、あんた！　人様の張った結界を壊してくれちゃったのはあんたァ⁉」

「うるさいトカゲね」

屋根の上に着地した漆黒の戦乙女――ミストが、魔族の魔術師を見下ろした。

「トカゲならトカゲらしく、地面に這《は》いつくばりなさい」

「ムカー！　アタシはトカゲはトカゲでもハイリザード！　最上級種族よぉ！」

「黙《だま》れ、トカゲ」

バンっ、と威圧がすさまじいミストの眼光。中身はドラゴン。その種族ランクで見れば、トカゲ族など下の下である。

・・・

目の前の結界は、侵入者を拒む。

同時に逃げまどう村人の脱出も防ぐその結界。だがちょうどグラ村に到着《とうちゃく》したソウヤたち銀の翼《つばさ》商会は、村の危機を目撃し、この結界を破壊した。

一定以上の力をかけて、結界を潰す。要するに、ソウヤの常人離《ばな》れした怪力《かいりき》で、結界を物理で壊したのである。

「ガル、お前は獣人《じゅうじん》化しちまうから、アイテムボックスに――」

夜が迫る中、変身を危惧《きぐ》するソウヤだったが、時すでに遅《おそ》く、獣人形態になったガルは、そのまま町中へ突進《とっしん》した。

――敵が魔族っぽいから、先走ってるのか……！

村人たちは混沌《こんとん》の場にいて、ガルの姿に悲鳴を上げる。その一方、結界で立ち往生していた村人が、突然《とつぜん》進めるようになったことで我先に村の外へと逃げ出していた。

「セイジとソフィアは村人の救助と護衛！」

「了解です！」

「わかったわ！」

ソウヤたちの姿を見た村人たちが何人か駆《か》けてくる。セイジとソフィアがそれらを保護する一方、ソウヤは、まだ遠いが、騒動《そうどう》の原因である魔術師を睨《にら》む。

「ミスト、先行しろ」

「任せて！」

次の瞬間、ミストは漆黒の甲冑《かっちゅう》戦士姿に変身。大ジャンプと共に、戦乙女は走るガルを追い抜き、魔術師に襲《おそ》いかかった。

ダークエルフを吹き飛ばし、もう一体のトカゲ魔術師――カイダが、何やらわめいているところに、ガルが到達《とうたつ》する。

「ゲッ、狼男《おおかみおとこ》!?」

「貴様は魔族だな？」

獣人姿のガルがショートソードを構える。カイダは鼻で笑う。

「ハン、あんただって魔族じゃないのさ！」

「黙れ、俺《おれ》は……人間だ！」

瞬時に距離《きょり》を詰《つ》めるガル。その刃《やいば》が魔術師の胴《どう》を捉《とら》え――次の瞬間、視界が反転した。

「!?」

地面に叩きつけられたのはガルのほうだった。カイダは高笑いを響かせる。

「あっはは！　あたしは魔術師だぁ！　腕力《わんりょく》しかないおバカに踏み込まれた時のために、ちゃーんと備えをしているのさァ！」

要するに障壁の魔法で、攻撃を防いだのだ。だがカイダは、攻撃を受ける寸前、浮遊魔《ふゆうま》法《ほう》をガルにかけ、彼が障壁に当たった瞬間、跳《は》ね飛ぶようにカウンターを仕掛《しか》けていた。

「その障壁というのは――」

「むっ⁉」

ミストがカイダに迫っていた。

「どこまで耐えられるかしらー？」

竜爪《りゅうつめ》の槍をミストは突き出した。カイダはとっさに逃げた。障壁はガンっという激しい音を立てて砕《くだ》かれた。

「だからァ！　あんた何なのよぉ⁉　このあたしの魔法を正面から砕くなんて、信じられない！」

「跪《ひざまず》け、トカゲ！」

ドラゴンの威圧が発動した。ミストの眼光を正面から浴びて、カイダは数メートル、弾《はじ》かれ、ひれ伏《ふ》してしまう。

「な、な、なァー‼」

「お師匠様！」

ダークエルフの女魔術師マーロが、上空へ飛び上がる。

「さっきはよくもー！」

ミストに火球の魔法が襲いかかる。その数、十数発！

しかしミストが槍を振り回せば、火球はすべて切り裂《さ》かれ、蒸発した。

「どうしたの小娘《こむすめ》？　その程度ぉ？」

妖艶《ようえん》に、好戦的に、ミストはニヤリと笑った。

『強すぎるーぅ！！』

師匠カイダ、その弟子マーロは同じ感想を抱《いだ》いた。

漆黒の戦乙女――ミストに完全に力負けしている。

このままでは作戦どころではなく、殺されてしまう――二人は、これまた同じ思いに囚《とら》われる。

――まだ充分《じゅうぶん》に魂を集め終わっていないのに！

ここで撤退《てったい》をして帰れば、実行部隊の同僚《どうりょう》に何と言われるかわかったものではなかった。

だが、ここで踏みとどまっては、おそらく漆黒の戦乙女に討たれる。生きて帰ることは不可能。せっかく集めた魂も無駄になってしまう。

魔王《まおう》復活のための魂回収は、実行部隊の最重要任務である。ノルマを果たせないのは、あってはならない。

再起を――カイダが言いかけたその時、嘲《あざけ》るような男の声が響き渡った。

「おいおい、クソ魔女《まじょ》コンビ！　何だって、こんなところにいるわけぇー？」

この、鬱陶《うっとう》しい声は――カイダは、声の主へと視線を飛ばす。

そこには白い仮面をつけた二人組が立っていた。

ひとりは大男。もうひとりは対称的《たいしょうてき》に小男である。そして声の主は、小男のほうである。

「デ・ラ！」

「おう、トカゲババァ！　ここはオレらの縄張《なわば》りだってぇーの！　どこかへ行きやがれ！」

「状況《じょうきょう》がわからぬか、デ・ラ！　今はそれどころじゃないのよっ！　てか、いつからここがあんたの縄張りになったのよっ⁉」

「今だ、今！」

デ・ラと呼ばれた仮面の男が吠《ほ》えた。

「感謝しろよ、トカゲババァ。そこの美少女ちゃんの魂は、オレらで回収してやっからよ！」

「あらぁ、美少女ちゃんってワタシのことぉ？」

ミストは、新手と思われる仮面の男たちを見やる。小男、デ・ラは仮面で表情こそわからないものの、笑ったようだった。

「そういうこった、激ツヨ美少女ちゃん。ウヒヒ、さぞ、おたくの魂は美味なんだろうねえ……！　オラ、バルバロ！　オレらでやっちまうぞ！」

「おう」

仮面の大男、バルバロは短く応じた。背中に下げていた巨大剣《きょだいけん》を抜く。デ・ラも両手に鎌《かま》を握《にぎ》る。草刈《くさか》り鎌を二刀流にする姿は、どこかカマキリを連想させた。

「二体一だ！　アマァ！」

「……いや、二対二だ！」

ガルが割《わ》り込む。デ・ラを狙った横合いからの攻撃だが、片手の鎌がそれを阻止《そし》した。

「あぶねぇ！　何だぁ、毛皮野郎《やろう》！　お呼びじゃねえんだよ！」

金属同士のぶつかる音が木霊する。

「そうなると、ワタシの相手はアナタかしらぁ⁉」

ミストはバルバロに狙いを定める。槍を構え、突進——その一歩を踏み出した瞬間、強大な重力がかかり、ミストの動きが止まった。

「マーロ！　思いっきり掛《か》けなさいなァ！」

「はいっ、お師匠様！」

魔女コンビが重力制御魔法《せいぎょまほう》を、ミストにかけ、その動きを封《ふう》じにかかる。

「四対二だ！　あたしら忘れるんじゃないよ！」

「バルバロさん！　いまのうちに、やっちゃってぇー！」

ミストに迫るバルバロの大剣。まるで断頭台の刃の如く、重々しいその斬撃《ざんげき》は、フル装備の騎士《きし》の胴すら両断できるだろう。

重力によって縛《しば》り付けられたミストに、回避の余裕《よゆう》はない！

ガシィンッ——激しい衝突音《しょうとつおん》。バルバロの大剣は、しかし振り切れなかった。ミストの前に、斬鉄《ざんてつ》を構えるソウヤがいたからだ。

「オレの連れに何してくれるんだ、木偶《でく》の坊《ぼう》？」

「ぐぬっ⁉」

仮面の奥でバルバロは驚いていた。自らの渾身の一撃を受けて、吹き飛ばない者などいない。たとえ、斬撃を防いでも衝撃《しょうげき》で吹っ飛ぶのが普通《ふつう》なのだ。

だが、目の前の男は微動《びどう》だにせず、バルバロの大剣の勢いを完全に防いでいた。

「三対四、だな！」

ソウヤが斬鉄を振り回す。その素早く、重い攻撃をバルバロは正確に防ぐ。

しかし、一歩ずつ、勢いに押されるようにバルバロは後退を強《し》いられる。

「何者だ、貴様っー！　この俺を後退させるだとーっ！」

バルバロが咆《ほ》えた。ソウヤは冷徹《れいてつ》に、敵の仮面の奥の目を射貫《いぬ》く。

「ただの勇者マニアさ」

「ぬんっ！　舐《な》めるなーっ！」

バルバロの大剣、その刃が突然、轟音《ごうおん》と共にチェーンソーの如く動き始めた。斬鉄の表面に激しい火花が散る。

「っ！」

――変なギミックを仕込《しこ》みやがって！

おそらくロッシュヴァーグの作った斬鉄でなければ両断されていたに違いない。

「ソウヤ、後ろ！」

ミストの声に、とっさに背後の気配に気づく。仮面の小男――デ・ラが鎌を振り上げて迫っていた。

「チェーストォォー！！！」

――クソがっ！

体が反応していた。向かってきたデ・ラのそのがら空きの胴体《どうたい》に蹴《け》りをぶち込む。

「グエエーッ！」

小柄《こがら》なデ・ラは吹っ飛んだが、前方のバルバロの勢いに押され、ソウヤもまた倒《たお》されてしまう。

バルバロが追い打ちをかける。しかしソウヤは素早《すばや》く身を起こし、叩《たた》きつけられた剣を避ける。刻まれる地面、跳ねる土。

「ケッ、あと一歩だってぇーのによ！　よくも邪魔《じゃま》してくれちゃったな、美少女ちゃん！」

デ・ラは身を翻《ひるがえ》した。

「まずはオマエから始末してやるーっ！　魔女コンビ！　しっかり押さえてろよ！」

「ミスト！」

「させん……！」

ガルがデ・ラの前に立ち塞がる。しかし彼はすでにデ・ラの攻撃で胸にV字の傷を負い、血を流していた。

「死《し》に損《ぞこ》ないがよー！　だったらオマエから殺してやんよー！　って、おおっ⁉」

横合いから、ファイアボールが飛んできて、デ・ラは下がる。

ソフィアだった。村人を避難《ひなん》させていた彼女《かのじょ》は、魔法カードを使ったのだ。デ・ラは唸る。

「ちっ、思わず、あんな雑魚《ざこ》魔法《まほう》をよけちまったぜ！　これでも食《く》らって大人しくしてなっ！」

デ・ラの目が一瞬光った。その光を直視したソフィアは、体が硬直《こうちょく》してしまう。

「へへーん、金縛《かなしば》りってやつだ。後で料理してやるから大人しくしてんのよぉ？　さあて毛皮野郎、もういっぺん、金縛りを受けてみっか⁉」

鎌を構えるデ・ラ。

「ま。そこで一瞬でも目を逸《そ》らしたら、この鎌が切り裂いちゃうけどよぉ！」

ガル、絶体絶命。

だが、そこに一陣《いちじん》の風が吹いた。

そこにいた誰《だれ》もが、それに目を向けてしまう。

得体の知れない何かの気配。だが気にせずにはいられない、大きなそれに、誰もが一瞬自分の行動を忘れて、視線を向けてしまった。

フードを深々と被《かぶ》った人間らしきそれが、ゆっくりとした足取りでやってくるのが見えた。

すべての動きが止まった。フードを被った人物が、ひたひたと歩く以外は。

ガルに迫っていた仮面のデ・ラも、本来なら動きの止まった敵の隙《すき》を見逃《みのが》さないガルも、ソウヤとバルバロの剣戟《けんげき》も、ピタリとやんでしまう。

それだけの何か、有無《うむ》を言わさぬ空気が、その人物から発せられていたのだ。

「さて……」

老いた男の声だった。涼《すず》やかに、落ち着き払《はら》ったその声は、張り上げるでもなく、しかし聞く者の耳に届いた。

「人間と魔族《まぞく》の戦いと見受けるが？」

「……だったら、何だってんだよっ！」

デ・ラが声を荒《あら》らげた。

「くそっ、気に入らねぇなぁ。何だコイツはよぉ！」

ガルに向けていた体を、その人物のほうへ向けるデ・ラ。そこで目の前の敵が隙を見せていることにハッと気づくガルだったが、先に受けた傷が思いのほか深く、動けなかった。

ソウヤはバルバロから一度距離《きょり》を取り、フードの老人に呼びかけた。

「爺《じい》さん、見てのとおり今は取り込み中だ。ここは危ないから避難してくれ！」

一般人《いっぱんじん》がこの戦闘《せんとう》の巻き添《ぞ》えになるのは御免《ごめん》だった。もっとも、この老人が、どこか不思議な気配をまとっているのが気にはなるが。

「なるほど」

頷《うなず》いたのか、フードが小さく上下に動いた。

「だが、心配は御無用《ごむよう》だ、若いの。私はそこの仮面の魔族たちに用があってな」

「ケッ、オレらには用はねえんだよ、ジジィ！」

その瞬間、デ・ラは加速した。あっという間に距離を詰め、両手の鎌を振《ふ》り上げる。

「死ねよやぁー！」

その瞬間、光が一閃《いっせん》した。老人の手には、光輝《ひかりかがや》く剣。その目にも留《と》まらぬ一撃《いちげき》は、デ・ラの胴を切り裂き、白い仮面を割った。

「グワアアアアアーッ！！！」

「デ・ラ！」

バルバロが、相方のもとへ駆ける。

ソウヤは呆然《ぼうぜん》となる。老人はマントの下に剣を携《たずさ》えていた。

だが、剣を抜く瞬間が見えなかった。居合いとでも言うのか。

――あ、やべ、見とれてる場合じゃねえ！

ソウヤは、慌《あわ》ててバルバロの後を追う。相棒に駆け寄ると見せかけて、バルバロは老人のほうへ突撃をしたのだ。

巨漢《きょかん》が迫る中、老人は静かに前へと歩く。堂々と、近づく敵を恐《おそ》れていないように。

「爺さん、危ないぞ！」

思わず叫《さけ》んだソウヤ。バルバロが大剣を振り上げ、力一杯振《ちからいっぱいふ》り下ろした。老人は右手の剣を滑《すべ》り込ませて、斬撃を阻止する。

普通なら、重量にパワーを乗せた上段からの一撃を、常人が片手で防げるはずがなかった。剣は折れ、そのまま老人の体を真っ二つにしただろう。

だが、そうはならなかった。

老人の剣にバルバロの大剣がぶつかった瞬間、その剣が弾かれ、あろうことかバルバロの大剣を頭頂部にグサリと跳ね返したのだ。仮面が割れ、魔獣《まじゅう》の顔が露わになるバルバロ。額からは血が噴出《ふんしゅつ》する。

「ウガアアアっ！！！」

老人は、バルバロの傍《かたわ》らを何事もなかったように抜ける。それと同時に、剣を一振《ひとふ》り。バルバロの鎧《よろい》が裂け、血が溢《あふ》れ出た。

「下がれ、バルバロ！」

仮面を失い、血まみれのデ・ラが叫んだ。斬撃を受けたが、致命傷《ちめいしょう》ではなかったようだ。

「チクショウ！　オボエテロヨ！」

次の瞬間《しゅんかん》、デ・ラが光に包まれて消えた。転移魔法だろう。バルバロも同様の光と共に消滅《しょうめつ》した。

「逃《に》げやがった！」

歯噛《はが》みするソウヤだが、すれ違《ちが》いざまに老人は小さく笑った。

「なに、まだ二人残っている」

トカゲ魔族とダークエルフの魔術師コンビだ。彼女らは、魔法でミストの動きを抑《おさ》えているのだが、そのミストもドラゴンの力で引っ張るため、見えない綱引《つなひ》きが彼女たちの間で繰り広げられていた。

「お、お師匠様。なんか、ヤバいのがこっちへ……来ます！」

ダークエルフの女魔術師マーロが、脂汗《あぶらあせ》をびっしりかきながら言った。ミストの動きを封じるので手一杯《ていっぱい》だった。

「迎《むか》え撃《う》っても、いいですかっ⁉」

「なにバカ言ってるの！　アタシ一人に、この女を止めろって無理じゃない！」

カイダが泣き言を漏《も》らす。師匠の威厳《いげん》なし。

そこで老人は立ち止まって、左手で顎を撫《な》でた。

「さて、私は女性を手にかけるつもりはないんだ。……降参してくれると手間が省けるのだが――」

「人間如《ごと》きが、舐めるな！」

マーロは、ミストへの重力魔法を解除し、老人に向けて、無数の氷の魔法を放った。

「至近距離、避けられませんよっ！　アイスブラスト！」

「……それが、避けてしまうんだな」

いつの間にか、老人は氷の塊群を超《こ》えて、マーロの眼前に立っていた。これまた目にも留まらぬ早業《はやわざ》だ。

老人の手が、マーロに向けられ――刹那《せつな》、ロケットもかくやの勢いでマーロの体が空へぶっ飛んでいった。

「ああ、これはいかん、勢いを間違《まちが》えてしまったなぁ」

老人は、点ほどにまで遠くへ飛んでいったダークエルフを見上げて呟《つぶや》いた。何らかの魔法を使ったのは明らかだ。

弟子が虚空《こくう》の彼方《かなた》へ消え、カイダは目を剥《む》く。

「くっ、覚えてなさいよっ、あんた！」

トカゲ魔族も転移魔法で逃げた。重力魔法が消え、ようやくホッと息をつくミスト。

ソウヤは開いた口がふさがらなかった。老人の行動は、ただの人間のものとは思えなかった。敵ではなくてよかった、本当に――それが偽《いつわ》らざるソウヤの本心である。

「爺さん、あんた、何者だ？」

「放浪者《ほうろうしゃ》だよ」

老人は穏《おだ》やかな口調で答えた。

「風の向くまま彷徨《さまよ》う、年寄りだ。ただ――」

一瞬、その穏やかさに重いものが混ざる。

「つい先日、魔族がとある集落を襲ってね。そこの住民を殺して魂を奪《うば》っていったのが、どうにも気にいらなくて、ここまでやってきた次第《しだい》だ」

君たちも、その口かね？――老人の言葉に、ソウヤは頷いた。

「ああ、オレたちも、村が一つやられたのを見た」

そういえば、自己紹介《しょうかい》がまだだった。

「オレは銀の翼商会のソウヤだ。……あんたは？」

「ジンだ。人は、私のことを放浪者、あるいは放浪の魔術師と呼ぶがね」

フードをとったその素顔《すがお》。髭《ひげ》をたくわえ、髪は白く、六十かそれ以上と思われる皺《しわ》の刻まれた顔立ちだ。しかし目元は優《やさ》しく、穏やかな好々爺《こうこうや》といった雰囲気《ふんいき》をまとっていた。

・・・

魔族の襲撃《しゅうげき》を受けたグラ村。一時的に逃げていた村人たちも、三々五々戻《もど》ってきた。

自分たちの家が無傷で安堵《あんど》する家族。逆に家と家財道具が壊され、途方《とほう》に暮れる者と、反応はそれぞれだった。

怪我人《けがにん》も出たが、意外なことに死亡者はいなかった。

夜の帳《とばり》が下り、冷えてくる中、村人たちは、魔族に対する潜在的恐怖《せんざいてききょうふ》に苛《さいな》まれていた。ここは温かい食事で少し落ち着いてもらおう――ソウヤたち、銀の翼商会は炊《た》き出しを行った。

こういう災厄《さいやく》の後のために、アイテムボックスに保存しておいた豚汁《とんじる》を出して、ソウヤは村人たちに振る舞《ま》った。気温の下がった夜に、ホッと息をつける温かな汁物《しるもの》の提供に、村人たちは食べた者から歓喜の声を上げた。

「うっま！」

湯気を立てる豚汁の輪が、広がっていく。

「お芋《いも》、大きい！」

「肉も入ってる！　毎日食べたいなこれ」

大盛況《だいせいきょう》だった。配膳《はいぜん》を手伝うセイジも、村人たちの反応に、にっこりする。村人たちは魔族の攻撃《こうげき》から生き延びた反動で、テンションがおかしいのかもしれない。

死者が出なかったことも影響《えいきょう》しているだろう。複数人の死傷者が出ていれば、この場もお通夜《つや》モードだったことだろう。

一方、銀の翼商会であるが、ガルが負傷した。デ・ラの鎌を胸に受け、ザックリとやられたが、獣人の再生力と、ポーションによる治癒効果で直に治りそうだった。それは幸いだった。

ただ今は、バッチリ夜なので、アイテムボックスハウスで養生してもらう。魔族の襲来《しゅうらい》の後だけに、村人を刺激《しげき》することもない。

村人の待避《たいひ》の支援《しえん》役だったセイジとソフィアに怪我《けが》はなし。ミストも無傷で、ソウヤ自身は、皮膚が少し切れる程度のかすり傷のみだった。

「さて……」

今回の魔族の襲撃は、行き当たりばったりのものではなく、何らかの意図があったのは明確だ。

攻撃が少人数だったこともだが、ただ殺すだけなら、もっと死者が出ていたはずだ。

敵は取り逃がしたが、何か知っていそうな人物——ジンと会うことができた。

「ほう、豚汁か！　これは旨そうだ」

村人たちに配った後の、残りをジンにも渡す。ずずっ、と汁を吸い、一言。

「味噌《みそ》ではないな。だがこれはまあまあ——」

――味噌を知っているのか、この人！

ソウヤは、ジンの言葉を聞き逃《のが》さなかった。この世界では、今のところ味噌に出くわしたことがないソウヤである。どこかで作っている可能性もあるので、断言は時期尚早《じきしょうそう》だが、もしかしたら異世界から召喚《しょうかん》された人なのではないか。

――何気にこの人、マイ箸《はし》を使っているぞ。

渡していないのに、箸を使って具を食べているジン。思えば、最初から規格外だった。魔族の、それも上級の敵を相手に互角《ごかく》以上に渡り合った実力もかなりのものだ。いったい何者なのか。

食事をしながらの情報交換。ジンは、放浪者と名乗った通り、色々な場所を回っていて、どこかに定住するでもなく、気ままな旅をしているのだという。

「世界は広い。あらゆる場所を見る、というのは生涯《しょうがい》をかけても不可能だろう」

そしてつい先日、以前に立ち寄った村を訪《おとず》れたら、悲劇に遭遇《そうぐう》したらしい。

ソウヤたちがフルカ村で見た、村人が全滅《ぜんめつ》していたのと同じ光景が広がっていたのだ。

「村人全員が、魂を抜かれて死んでいた」

「魂……？」

ソウヤは聞き返す。ジンは頷いた。

「そうだ。何故《なぜ》だかわからんが、魔族は人間の魂を集めている」

「魂を集めてどうしようっていうんだ……」

フルカ村での不審《ふしん》な村人たちの死体は、魂を抜かれたためというのを理解したソウヤである。だがわからない。

「魂は、強い魔力《まりょく》のエネルギーだ。高々ひとりの魂でも、一生分の魔力と言えば、どれほどの力かは推《お》して知るべし、だ」

この老人は物知りだと、ソウヤは感心した。

「つまり、連中は魔力を集めているってことか？」

「そう考えるのが妥当《だとう》だろう。そこらの獣《けもの》の魔力よりも制御《せいぎょ》しやすい人間の魂をたくさん集めているところからして、ろくなものじゃないのは見当がつく」

何かの強大な魔法の発動——たとえば、大破壊魔法《だいはかいまほう》とか、異世界から呼び出す召喚魔法《しょうかんまほう》、死者を現世に呼び戻す復活魔法などなど……。それらの生贄《いけにえ》として人間を襲っている。

「確かに、やべぇ想像しかできないな」

ソウヤは眉間《みけん》にしわを寄せた。

「最近、魔族の動きが不気味ではあったんだ。今回のそれも、連中の暗躍《あんやく》している一つだな……。いったい何を企《たくら》んでいるやら」

エンネア王国にも、伝えたほうがよさそうだ。

「カマルの奴《やつ》に知らせるか。王国のほうでも調べてくれるだろう」

「カマルとは？」

ジンが質問した。ソウヤは「古い友人だ」と答える。

「王国の諜報畑《ちょうほう》の人間だよ」

「それはいい。警戒《けいかい》するにこしたことはないからな」

そこで、食べ終わったらしいジンがお椀《わん》を置いて、手を合わせた。

「ごちそうさまでした。豚汁をありがとう。美味《おい》しかった」

「どういたしまして。……つかぬ事を聞くが、あんた、日本人か？」

当初より抱いていた疑問をぶつけてみる。ジンは落ち着き払って答えた。

「そうだ。そういう君も日本人かね、ソウヤ君」

「あぁ。あんたも異世界召喚された口かい？」

「……まあ、世界を超えてやってきた、という意味ではそうだ」

ジンは微妙《びみょう》な言い回しをした。だがそれを突っ込む前に、老人は言った。

「それで、君たちはこれからどうするつもりかね？」

「どうとは？」

「銀の翼商会だったか、行商と聞いたが、君らはただの行商ではあるまい？　魔族とも互角以上に立ち回っていた」

「冒険者《ぼうけんしゃ》でもあるからな」

お決まりの返しで、ただの商人ではないことをアピールする。

「大したものだ。だがこんな状況でもある。君らがこの先、どうアクションを起こすのか気になったのさ」

「個人の力なんて、高が知れてる」

ソウヤは小さく首を振った。

「魔族の動きは気になるが、これまで通り商売しながら情報集めだな。今回みたいな襲撃があれば、駆けつけることもあるだろう」

「なるほど」

ジンは、遠くを見る目になった。

「商人というのはリスクを回避《かいひ》するものだと思っていた」

「普通の商人じゃないんでね」

皮肉げにソウヤは唇《くちびる》の端《はし》を吊《つ》り上げた。

「むしろ商売に関してはド素人《しろうと》。特に専門知識があるわけじゃねえ。ただ、目の前で苦しんでいる人を見ると、助けないとって思うんだ」

「……なるほど、勇者の気質か」

特に勇者と言ったわけではないが、ジンはそう表現した。うむ、と老人は頷いた。

「決めた。ソウヤ、もし迷惑《めいわく》でなければ、私も同行させてもらえないだろうか？」

自称《じしょう》、放浪の魔術師は、ソウヤたち銀の翼商会に同行したいと申し出た。当然ながら、ソウヤは首を傾《かし》げる。

「私としても、魔族の行動は気にはなる。が、君の言う通り、私個人が動いたところで大きなことはできん。それに――」

ジンは微笑《びしょう》した。

「一人旅も、少々寂《さび》しかったところだ。たまには、人数と行動しないとな。話し方を忘れてしまう」

「うちは、行商だぞ？」

「冒険者でもあるだろう？　腕前《うでまえ》の証明は……必要あるかな？」

「いや、あんたほどの強者《つわもの》はそうはいない」

上級魔族を、涼しい顔で撃退《げきたい》できる実力者だ。ミストやガルといった一級の戦闘員《せんとういん》がいるが、先ほどの戦闘を見る限り、いれば心強い。

「年の功、というわけではないが、それなりに知識もある。大抵《たいてい》の事なら、助言もできるだろう」

老魔術師は目を細める。

年長者の意見には耳を傾《かたむ》けるべし。ソウヤとしても、何か聞きたい時に相談できる相手がいるのはありがたかった。ミストはドラゴンとしての知識はあるが、人間社会や商売については凡人《ぼんじん》以下。セイジも商売のことは多少話せるし、大いに助けられているが、彼《かれ》も専門家ではない。

そう考えていたところで、ふとジンが自身のお腹《なか》をさすりはじめた。

「豚汁を食したら、急に米が欲しくなったな。根っからの日本人だから。もしかして、君ら、米はないか？」

唐突《とうとつ》ではあったが、故郷の味が恋《こい》しくなる気持ちはわかる。

「あるぞ、米なら」

ソウヤはアイテムボックスから、おにぎりを出した。

「日本の米ではないがね。海苔《のり》はないが……」

「海苔か……それくらいなら、私が」

そう言うと、ジンはパンと両手を合わせた。それを上下に開くと、四角い焼き海苔が一枚あった。

「手品か⁉」

思わず反応してしまうソウヤ。ジンはおにぎりをひとつ取り、手早く焼き海苔を巻いた。

「言っただろう？　私は、魔術師なのだよ」

君も一つどうかね？　――ジンがもう一枚、焼き海苔を出してみせた。受け取ったソウヤは、適当にちぎってみる。パリッといい音がした。その欠片《かけら》を一口。

――これ、マジもんの海苔だ！

「ちなみに具は何かな？」

「焼肉だな。それ以外の具については、まだ考案中」

梅干しとか昆布《こんぶ》とか、そういうのを調達しないといけないが、そもそも梅干しなどあるのだろうか。

「焼肉のおにぎりか。まあ、なくはないだろうが、バリエーションが欲《ほ》しくなるな」

「焼きおにぎりはあるぞ」

ソウヤが言えば、ジンは目を丸くした。

「まさか、醤油《しょうゆ》があるのか……？」

醤油があるとソウヤが認めると、老魔術師ジンは相好を崩《くず》した。

「米に醤油と来たら、卵かけご飯だな！」

「そいつは同感だ！」

ソウヤは力強く同意したが、すぐに顔をしかめる。

「だが、この世界の卵は、人間が食するには、いささか早いというかな……」

以前、同じ思考に達したソウヤである。卵かけご飯を食したが、腹を壊《こわ》しかけた苦い記憶《おく》が残っている。

日本では当たり前に食されている卵は、安心して食べることができるように品種改良を加えられて、ようやく完成したものだ。それに比べれば、この世界の人間からすれば生で卵を食べるなど、正気を疑われる行為《こうい》と言える。

「卵なら私が用意しよう。何の卵かは……気にするだけ無駄《むだ》だがね」

海苔を出した時と同様、ジンが両手を合わせ、開いた瞬間、真っ白い殻《から》の生卵が現れた。

「魔力で生成したものだ。食べても害はない。何故なら、魔力だからね」

魔力で作った卵……。そんなこともできるのか――ソウヤは驚《おどろ》くが、ふと魔法《まほう》カードみたいなものかと思い当たり、すぐに平静を取り戻した。

銀の翼《つばさ》商会で試作中の魔法カードも魔力の塊《かたまり》である。卵や食べ物に変える方法があれば、食料供給に一石を投じる可能性も出てくるのではないか……？

「ソウヤ、材料は揃《そろ》った」

ジンの声に、ソウヤはいつの間にか沈《しず》んでいた思考の海から出た。

「安全な卵かけご飯を食べようじゃないか。話はその後でもよかろう」

「そうしよう」

やはり忘れることができなかった卵かけご飯の魅力《みりょく》。前回食べて、腹を壊す危険性に直面し、以後二の足を踏《ふ》んでいたが、簡単に諦《あきら》められるものでもなかった。

ソウヤは、ジンと、いつの間にかやってきたミストの三人で卵かけご飯を食べた。

米と卵と醤油という三種の神器が揃い、それも安全に食べられるのなら本望《ほんもう》だ――ソウヤは、ジンの採用をこの時、決めた。

・・・

ソウヤは、仲間たちにジンを紹介《しょうかい》した。年配者が加わることについて、他《ほか》のメンバーにも一応意見を聞いておこうと思ったのだ。

もちろん、聞くだけで、ソウヤの中では採用を覆《くつがえ》すつもりはなかったが。

結果は反対はなし。というわけで、銀の翼商会に一名、追加である。

老魔術師は、穏やかな調子で言った。

「皆《みな》、ありがとう。もし何か困っていることや問題などがあれば、相談に乗ろう。解決の手掛《てが》かりくらいは示せるかもしれない」

「あ、はい！　それなら、わたしからいい？」

ソフィアが挙手した。

「わたし、呪《のろ》いがかけられているせいで、魔法がうまく使えないの。あなた、相当な魔術師でしょう？　呪いの解き方とか知らない？」

王都の魔法学校で、シートスから呪いを解く手掛かりを聞いていたソフィアである。腕《うで》のよさそうな魔術師なら、とりあえず聞いてみようという精神なのだろう。

「ほう……呪いか」

ジンはあご髭に手を当てた。

「診断《しんだん》する前に解ける、などとは言えないが、どれ、診《み》てあげよう」

魔術師は快く応じた。

――おう、よかったな、ソフィア。

ソウヤは彼女に視線を向けたが、立ち上がりかけたソフィアは、何故《なぜ》か顔を背《そむ》けた。心なしか頬《ほお》が赤くなっているような。

「……う、ぬ、脱《ぬ》がなくては駄目《だめ》……？」

うら若き乙女《おとめ》である。いくら呪いを診てもらうためとはいえ、男性に体を診せるのは抵《てい》抗《こう》があるのだろう。

ソウヤはセイジと顔を見合わせた。――オレたちは退席しよう。

ちなみに、ガルはアイテムボックスハウスに戻っている。当人たちで解決してもらおうと、ソウヤたちはそそくさと移動するのだった。

・・・

グラ村の入り口近くに、浮遊《ふゆう》バイクと荷車を置いて陣取《じんど》っている銀の翼商会。

魔族に襲《おそ》われたその日の夜ということで、村人たちの不安な心を、ソウヤたちが守っている姿を見せて安心させる。

ソウヤとセイジは焚《た》き火《び》を囲んで、見張りをする。浮遊バイクのそばに、キャンプ用テントをひとつ設営。中で、ジンによるソフィアの診察《しんさつ》が行われている。

ちなみに、ミストがソフィアと一緒《いっしょ》に付き添《そ》っていた。ジンを銀の翼商会で受け入れるとはいえ、まだ会ったばかりだから、どこまで信じていいかわからないのだろう。

——年寄りとはいえ、あの爺さんも男だからなぁ。

ソフィアが、着衣をある程度脱がないと全体の把握《はあく》ができない広範囲《こうはんい》に刻まれた呪いだ。乙女の肌《はだ》を前に、性欲を刺激されて……なんてこともないとは限らない。そうなってしまった時のストッパーとしてミストが同席している格好である。

「落ち着け、セイジ」

どこか、少年がソワソワしているのを、ソウヤは感じ取っていた。彼は、ソフィアのことを気にしている素振《そぶ》りを見せることがしばしばある。

「落ち着いてますよ！」

セイジは答えたが、チラチラとテントのほうを見る。

もっとも、気になるのも無理はない。先ほど、テントからミストの『何ならワタシも脱ぐわ！』とか『服なんてただの飾《かざ》りよ！　生き物はすべからく裸《はだか》なの！』と、もう少しソフィアに気をつかってあげよう的な発言が聞こえたりしていた。

思春期の少年ならずとも、つい注目したくなる。そんなセイジに、ソウヤはニッコリ。

——若いっていいねぇ……。青春だ。

単なる片思いなのか、そもそも恋愛《れんあい》感情なのかは知らない。年齢《ねんれい》上、おじさんに差し掛《か》かっているソウヤには、今のところ色恋《いろこい》はないのが少々寂しくもある。

しばらくして、ソフィアとミストがテントから出てきた。

「じゃあ、早速試《さっそくため》したいわ！」

「村から離《はな》れてやりましょう。周りを驚かせるのもあれだし」

などと言っている。村の外へ歩き出すソフィア。ミストは、注目しているソウヤたちに手を振った。

「ちょっと、出てくるわ」

「おう」

正直、何が何だかわからないソウヤだが、彼女たちの反応を見るに、よい方向に転がっているように感じた。

――マジで呪いを解いたのか？

遅《おく》れてテントから出てきたジンが、こちらへとやってきた。

「どうだった、先生？」

「先生とは私のことか？」

ジンは腕を組んだ。ソウヤは取りあえず、アイテムボックスからカップと水筒《すいとう》を出して、水を渡《わた》す。

「単刀直入に言えば、呪いは解けたよ」

「マジか！　凄ぇな」

　こんな簡単に解けるとは思っていなかった。確かに高名な魔術師を探して、秘術を聞き出そうと考えていたが、早々に見つかるとは思っていなかったし、しばらく先になると想像していた。

「じゃあ、ソフィアは魔法が使えるようになったんですか⁉」

　セイジが聞けば、ジンは鷹揚《おうよう》に頷いた。

「問題ない。ミストが付き添って、魔法を試《ため》してみるそうだ」

「そうなんですか。いや、ジン先生、凄《すご》いですね。呪いを解いちゃうなんて」

「正式な解き方ではなかったかもしれんがね」

　謙遜《けんそん》するようにジンは微笑した。

「何が、どういう働きをしているのか理解できれば、解除するのは難しくはない」

「さすが！　専門家は違うな」

　ソウヤは素直《すなお》に感心する。

　魔法学校の教官たちでさえ、解けなかった呪いをわずかな時間で解析《かいせき》してしまうとは……。並大抵《なみたいてい》の実力ではない。

　そうなると、ガルの獣人化《じゅうじん》の呪いも解析してもらいたい、と思うのも自然なことで。

「なあ、先生。もうひとつ、頼《たの》みがあるんだけどさ――」

夜のために、アイテムボックスハウスのほうにいる元暗殺者の話をしてやれば、ジンは顎髭《あごひげ》をいじる。

「魔族の呪いか。……はてさて、どんなものか。とりあえず診てみよう」

「そうしてくれると助かる」

そんなわけで、アイテムボックスハウスに移動。会ったばかりのジンを招くのは時期尚早な気がしないでもない。

だが、銀の翼商会に加わり行動を共にするなら、どのみち知ることになるので心配するだけ無駄だ。ジンが自己申告《しんこく》どおり、ずっと一人旅をしてきたなら、この秘密を漏らすような相手もいないだろう。

「ほう、異空間に家か。面白《おもしろ》い」

ジンは、さほど驚いた様子はないが、どこか感心したような声を出した。

「異空間っつーか、アイテムボックスだけどな」

「人が入れるアイテムボックスか。やはり世界は広いな」

愉快《ゆかい》そうな老魔術師である。本来なら驚愕《きょうがく》するような事柄《ことがら》でも、この老練な男にとっては穏やかに笑っていられるらしい。それだけ世界を旅して、様々なものを見てきたのだろう。

――いいなあ、そういうの。

自分も、世界を巡《めぐ》って色々なものを見てみたいとソウヤは思った。

・・・

ジンに、ガルの呪いを診てもらったが、残念ながら老魔術師でも解けなかった。

「簡単に言えば、ソフィア嬢《じょう》の場合は、呪いというか魔法の文字式が浮《う》かんでいたから、どういう仕組みか解析できた。だがガルの場合は、さながら変身だ。体に文様や文字式が浮かぶでもないから、手掛かりすらない」

ジンが解説すれば、ガルは質問した。

「この呪いは、生涯解けない類《たぐ》いだろうか？」

聞いていたソウヤも無言で、ジンの返事に注目する。

夜になると獣人化するという呪いを、ガルは一生背負っていかなくてはならないかもしれない。空気が張りつめた。

「一般的《いっぱんてき》な治癒魔法《ちゆまほう》などでは解けないだろうな。呪いとはそれほどに強力なのだ」

ジンは重々しく告げた。

「血や骨、肉に呪いが浸透《しんとう》しているから、それを取り除くのは簡単ではない」

――そんなものどうしろっていうんだ……!

ソウヤは頭をかいた。ちら、とガルを見れば、彼は淡々《たんたん》とした表情ながら、口元を真一文字に引き締《し》めている。やはり、ショックを伴《ともな》うことゆえ、冷静沈着《ちんちゃく》な暗殺者といえど動《どう》揺《よう》を隠《かく》しきれないようだ。

「とはいえ、まったく何もできない、とは思わない」

ジンは考え深げに目を細めた。

「もしかしたら呪いを解く方法があるかもしれないし、時間をかければ治療《ちりょう》ができるかもしれない。あるいは完全に取り除くことはできないが、自分自身で制御できるかもしれない」

要するに――老魔術師は落ち着き払って言った。

「方法は一つではないということだ。どの道を選択《せんたく》するかは君次第だが、私は君は呪いを克服《こくふく》できると宣言しておくよ」

・・・

銀の翼商会は、グラ村に対して復興のために少々の資材提供をした。領主の軍も来るというので、後は任せて早々に通常業務に復帰して移動する。

小集落に対する魔族《まぞく》の襲撃を王国側にも知らせる必要がある。敵の目的は不明だが、直接的な攻撃があったのを観測した以上、何らかの対応が迫《せま》られることになるだろう。

さて、ジンを加えたことで、銀の翼商会でも色々変化が起きた。

まず、ソフィアが魔法を普通《ふつう》に扱《あつか》えるようになった。魔法の使い方自体は、呪いを受けていた頃《ころ》から勉強はしていた彼女《かのじょ》である。

魔法が不足なく使えるようになり、実に楽しそうに魔法をぶっ放していた。

「だからって、はしゃぎ過ぎはよくないわねぇ」

ミストに膝枕《ひざまくら》されて、ソフィアは引きつった笑いを返した。

浮遊バイクの荷車の上、風を受けながらの移動。そんな彼女らの傍らでジンは言った。

「素質はあるし、今のままでも充分《じゅうぶん》に強力だが、無駄が多いな」

「同感。人間の魔法って、なんでこう呪文《じゅもん》に頼《たよ》るのかしら」

ミストが肩《かた》をすくめた。

「ワタシは、この娘《こ》に呪文を使った魔法なんて、教えた覚えはないんだけれどね……」

「いや、呪文を使って魔法を行使するのが普通でしょ!?」

ソフィアが抗議《こうぎ》するように言った。ただし膝枕されながらなので、いつもより元気はない。

「少なくとも、わたしの周りではそうだったわ」

「この世界ではそれが普通なのだろう。だが必ずしもそれが正しいとは限らない」

老魔術師が諭《さと》すように告げる。

「より実戦的な魔術師を目指すなら、周りよりもさらに高みを目指さないとな」

「ミストから、変な魔法は教わったわ」

「なによ、変な魔法って！」

ミストが上からソフィアの額にデコピンを当てた。

「痛っ！」

「呪文なしで魔法が使えるワタシの素晴《すば》らしい魔法が理解できないなんて」

「無詠唱魔法《むえいしょうまほう》は、一流と呼ばれる魔術師なら必須《ひっす》だろう」

ジンはミストの肩を持った。

「よい師ではないか」

「でしょ？　そうよね。まあ、このワタシが教えたのだもの、当然よね」

ミストは調子に乗った。基本、おだてられるとその気になるのがドラゴン種の悪い癖《くせ》でもある。

ソフィアは不機嫌《ふきげん》な顔になる。

「でもやっぱり変なものは変よ。だって人間って吐息《といき》を魔法にしないでしょ、普通！」

ドラゴンブレス――竜《りゅう》の吐息。魔力が加わった強力な攻撃は敵をなぎ倒《たお》す。

呼吸の中の魔力も魔法に転用できると教わったソフィアは、それをトーチ程度で使うことができたが、呪い解除後、ドラゴンのそれを真似《まね》したら、人間ながらドラゴンブレスもどきの魔法を口から吐《は》くことができるようになっていた。

それを目撃《もくげき》したソウヤから『怪獣《かいじゅう》みてぇだ』と言われたのが、若い娘には結構ショックだったらしい。

「確かに変わっているが……」

ジンは自身の髭を撫でつけた。

「私もやろうと思えば、たぶんできるだろう。……むしろ、無詠唱魔法を使うトレーニングに使えるな」

「どういうこと？」

「口から息を吐き出しているということは、呪文を唱えられないだろう？」

「あ……」

呪文絶対主義を覆す魔法。その証拠《しょうこ》とも取れる魔法が存在している以上、ソフィアとて強く否定はできなかった。

「ねえ、ジン？」

「なんだね、ミスト嬢」

「あなた、この娘に魔法を教えてやらない？」

ミストは、じっとジンを見つめる。真剣《しんけん》そのものの目が、一瞬《いっしゅん》だけドラゴンのそれに変わるが、ジンはそれを見逃《みのが》さなかった。

「私に彼女の師をやれと？」

「あなた、只者《ただもの》じゃないわね。ワタシ、人間の魔術師は大したことないと思っていたけれど、その認識《にんしき》はあなたには当てはまらなそうなのよね」

「それは光栄だ」

老魔術師は笑ったが、目は鋭《するど》いままだった。ミストもまた同じだ。

「ワタシ、人間基準の魔法というのは、詳《くわ》しくないから。あなたのほうで教えてあげなさいな」

「ふむ、乞《こ》われるなら教えるが、さてソフィア嬢。君は私から魔法を教わるつもりはあるかね？」

「教えてくれるの⁉」

がばっ、とソフィアが身を起こした。ミストがジンを見ていたおかげで、顔がぶつかるという惨事《さんじ》は起きなかったが、ちょっと危なかった。

「魔族と戦った時、とてもかっこよかった！　わたし、あんな風にできたらって思った……。その、いいの？」

魔術師ながら、剣《けん》を扱い魔族を退けた。特に巨漢《きょかん》のバルバロの大剣を跳《は》ね返したのは、体格なども考えて魔法だろうと、ソフィアは考えていた。

自身にかけられていた呪いを解いてもらっただけでも、すでにジンの魔術師としての能力の高さは感じていた。

「わたしも、あんな風に戦える魔術師になれるかな？」

「それは君のやる気次第だ。その気持ちのある生徒なら歓迎《かんげい》だ」

ジンは鷹揚に頷《うなず》いた。

かくて、ソフィアは正式にジンに弟子《でし》入りした。

魔法を使う力を取り戻した彼女は、一つの誓《ちか》いを、この時決めた。

「家に帰る時は、超一流《ちょういちりゅう》の魔術師になった時！　それで家族や、わたしを馬鹿《ばか》にした連中すべてを、ぐうの音も出ないほどに見返してやるんだから！」

・・・

バッサンの町を目指す銀の翼商会。道中、すれ違《ちが》う旅人に呼び止められ、軽食や飲料水を販売《はんばい》するのが、割と普通になってきていた。

浮遊バイクを使った行商という存在が、定着してきたとみていい。

「都市で商売はしないのかね？」

新参のジンが尋《たず》ねた。

「うちは外でしか売らないよ」

ソウヤは答える。

「町では余所者《よそもの》だからな。その街ごとのギルドに入ると、それぞれに会費がかかっちまうし、商売する場所とか相談しなきゃいけない」

場所代も取られるし、それでいい場所が使えるとも限らない。個別に訪問販売するか、町のギルドと関係ないところで商売したほうが、ソウヤたちには合っている。

「それで、爺《じい》さんは何をやってるんだ？」

「魔法カードだ」

ジンは、魔法カード——その無地のものを見せた。

「セイジから聞いていたのだが、自分で魔法を織《お》り込《こ》んで発動する魔法が作れるというじゃないか。こういうのに、私は目がなくてね」

そのセイジも、ニッコリである。以前、ソフィアが大量に生産した無地カードを、色々試しているらしい。

前に欲しかった魔法文字が使える人材がここにいた。

ソフィアが、普通に魔法が使えるようになったので、彼女にとっての魔法カードの重要性は下がった。だがセイジやガルにとっては、まだまだ需《じゅ》要《よう》があるので、この研究は無駄にはならない。

「なあ、爺さん。ちょっと疑問なんだけどさ」

「何だい？」

「魔法ってさ、訓練すれば、誰《だれ》でも使えるものなのか？」

「君も魔法に興味が出たのかい、ソウヤ君？」

ジンは片方の眉《まゆ》を吊り上げる。ソウヤは首を横に振《ふ》った。

「あ、オレは一応魔法使えるから、いいんだ」

「え、ソウヤさん、魔法が使えたんですか⁉」

セイジに驚かれた。

「おいおい、俺《おれ》はこれでも一応、勇者なんだぞ」

「へぇ、勇者ね」

ジンが腕を組んだ。――また、やっちまった。

うっかりが癖になっているソウヤである。同じ異世界に来た人間だから、ついガードが緩《ゆる》くなる。

「ゴホン――魔法はいくつか使えるが、武器のほうが得意なだけさ」

「考え方は人それぞれだ。私はそれでいいと思う」

頷いたジンは、そこで「先の質問の答えだが――」と言った。

「ソフィア嬢がかけられていた呪いや、魔力に触《ふ》れることができない体質などを除けば、基本的に誰でも魔法は使える。セイジもガルもね。ただし、自身の魔力を制御できる能力に左右されるところはあるから、向き不向きは存在する」

俗《ぞく》に言う、才能に値《あたい》する部分である。

「ソフィアは、才能があるほうか？」

「彼女自身の魔力保有量もさることながら、その制御できる範囲《はんい》が非常に広い。呪いで抑《おさ》えられていた分、それがなくなって影響範囲《えいきょうはんい》が爆増したからね」

「なるほどね」

「聞けば、彼女、家にいた頃から魔法を制御できないなりに勉強やトレーニングは欠かしていなかったらしい。その分、理解も早い」

「じゃあ、セイジやガルも魔法は使えるが、いきなりソフィアのようにはいかないってことか」

「ソウヤさん？」

セイジが怪訝《けげん》な顔になる。ソウヤは言った。

「セイジ、お前、魔法も使える冒険者になりたいって言ってたろ？　魔法カードも便利だが、普通に魔法を使えるように、爺さんに教えてもらったらどうだ？」

ソフィアが来るまでは、ミストから魔法に関しての基礎的《きそてき》な考え方を学んでいたセイジである。魔法カードという便利な道具が、銀の翼商会で盛んに使えるようになって忘れそうになるが、魔法習得は彼自身の夢にも繋《つな》がると、ソウヤは思った。

「僕《ぼく》も、いいんですか？」

「ああ、構わんよ。……なんだ、君は遠慮《えんりょ》していたのかね？」

かすかに驚いてみせるジンに、セイジは肩をすくめた。

「ソフィアが家のこともあるから、魔法をドンドン習得したいんだろうなって思って。そこで素人の僕がいたら、邪魔《じゃま》しちゃうんじゃないかって……」

「慎《つつし》み深《ぶか》いね、君は。よろしい、学ぶ気があるなら、私はいつでも教えてあげよう」

「あ、ありがとうございます！」

セイジはペコリと頭を下げた。こういうところは素直である。同時に控《ひか》えめな彼だから、やりたいことを我慢《がまん》しているのでは、とソウヤは気になっていた。

「それで、ソウヤ君。君も、何か私に用があったのではないかな？」

ジンは、相手の心を見抜《みぬ》くような視線を向ける。ソウヤは一枚の羊皮紙を取り出す。

「そう。爺さんが入って、いよいよヤバくなってきたんだ……」

浮遊バイクが引く荷車の定員が。

休憩《きゅうけい》中は全員外に出たりするが、移動となると後ろに五人はスペース的に限界だった。今もガルがアイテムボックスハウスにいて、そうやって分けないといけないところまできている。

セイジがポンと手を叩《たた》いた。

「そういえば、前にそんなことを言ってましたね、ソウヤさん」

移動する店、キャンピングカーとかヨットみたいなものなど、構想以前の妄想《もうそう》をソウヤが語っていたのを、セイジが思い出した。

その話を聞いて、ジンも理解した。

「なるほど。乗り物を増やすか、荷車を新造しないといけないわけだな」

「そういうことだ。……え？　乗り物を増やす？」

これまでの話に出てこなかった案に、ソウヤは目を丸くした。ジンは、荷車に連結された浮遊バイクを眺《なが》めながら、口を開いた。

「騎乗《きじょう》できる動物でもいいし、浮遊バイクを作ってしまうという手もある……」

「浮遊バイクを、作る……？」

——この爺さん、本気で言ってる？

ジンは、難しい顔になって浮遊バイクを凝視《ぎょうし》する。

「なに、あれと同じものは作れないかもしれないが、要するに人を乗せて浮遊する乗り物であればいいのだろう？　この世界の素材でも、材料が揃えば作れるよ」

老魔術師は、悪戯《いたずら》っ子のように笑った。

「これでも伊達《だて》に歳《とし》はとっていない。私も元は日本人だからね。乗り物についてなら、この世界にないものだって一家言あるよ」

人間が増えたことで浮上《ふじょう》した荷車の定員問題。それに対する話し合いの中、老魔術師ジンの提案は、ソウヤたちの度肝《どぎも》を抜《ぬ》いた。

「乗り物で言うなら、馬だろうが空飛ぶホウキだって乗り物だろう？」

ジンの言葉は、いちいちもっともだったが、ソウヤは高速移動可能な乗り物が増えた場合の利点を考える。

今はコメットが一台だ。だがこれが二台になったとすると、いまバッサンの町を目指しているが、二手に分かれて、たとえば真逆である王都に移動することもできるわけだ。エイブルの町の丸焼き亭《てい》に卸《おろし》作業をしているが、そういう運んで注文を受けたりするのは、何もソウヤでなくてもできる。

分担すればより効率よく時間を使うことができるようになる！　これは事業拡大のチャンスではないか！

ソウヤが考えているのを余所《よそ》に、セイジがジンに聞いた。

「もし浮遊バイクを作れるなら、それも売り物になるんじゃないですか？」

「まあ、欲しがる人はいるだろうね」

ジンは認めた。

――売り物、だと……!?

「金持ち貴族らが、珍《めずら》しいもの欲しさに興味を示すし、銀の翼商会のスピーディーな活動を見て、自分もやってみよう、と思う者もいるだろう。行商にとっても、浮遊バイクは移動に便利だし、魔獣《まじゅう》から逃《に》げるのに欲しいだろうね」

「……！」

――そういや、行商先輩《せんぱい》のカルファもバイクを見ていいなぁって言っていたっけ……。

手軽に量産できれば、これを売り物にできる。夢は広がる――ソウヤは無意識のうちに拳《こぶし》を固めていた。

「とはいえ、手作りでは、需要に追いつかないだろうね」

ジンは苦笑《くしょう》する。

「バイク製造工場でも作って、そっち専門の会社でも立ち上げるかね？」

「それ、割といいアイデアかも」

ソウヤが言えば、ジンとセイジは息を呑《の》んだ。

「私は冗談《じょうだん》のつもりだったんだが」

「いや、爺さん。売り物になるなら、これは確実に売れるものだぜ？　人を雇《やと》って、生産していけば、その見返りは莫大《ばくだい》なモンになる！」

「となると、量産しやすい形と、部品の調達しやすさが重要になってくるな。試して調整が必要になるだろう」

ジンが顎髭を撫《な》でながら、ソウヤの考えを現実化させるための思考をまとめる。

が、すぐにやめた。

「まずは、作ってからだ。人様に売ろうというのなら、安全性も考えねばなるまい。いざやってみたら、案外量産に向かないかもしれない」

現物がないのにその先を考えるのは、取らぬ狸《たぬき》の皮算用にもなりかねない。ちょっと興奮し過ぎてしまったかもしれない、とソウヤは反省する。

「とりあえず、作れるか？　浮遊バイク」

「いくつか形は頭の中にある。が、細かな部分は実際に線を引いてみないとな」

ジンは、すでにその設計図を頭の中で引いていた。

「機械的には無理でも、魔法があるからな。そちらは魔術師《まじゅつし》と魔道具の領分だ」

そう言うと、ジンは作業のためにアイテムボックスハウスへと移動した。あの老練な魔術師がどんな浮遊バイクを作るのか期待しつつ、銀の翼商会は道を進んだ。

・・・

しばらく後、ソウヤはアイテムボックスハウスへと行き、ジンの浮遊バイク製作の様子を見に行った。

どういう形になるんだろう。そう思っていたら、すでに第一号が形になっていた。

「……何か、思っていたのと違うな」

それは一見すると、バイクにはまったく見えなかった。浮遊バイクだから、タイヤがないのは理解できる。

長方形の胴体《どうたい》に、バイクのハンドルがついただけの、まるで幼子が『これはバイク！』と言い張る玩具《おもちゃ》の乗り物のようだった。

訂正《ていせい》、ペダルもついていた。

「まずは基本構造のテストだよ」

ジンは、半ば呆《あき》れ顔のソウヤに穏《おだ》やかに告げた。

「テスト台に、そこまで凝《こ》った外装はいらないだろう？」

「そうだな。……ああ、その通りだ。ちょっと安心した」

老魔術師が、この不細工なものをバイクと言い張るセンスの持ち主だったらどうしたものかとソウヤは思う。

「いや、一周まわって、こういうデザインも私は好きだがね」

ジンに皮肉られた。

見てくれ、と、老魔術師はソウヤを手招きした。

「このバイクもどきの胴体には、魔石を仕込《しこ》んである。魔石から刻まれた魔法文字に魔力《まりょく》が流れることで、その刻んだ魔法を具現化する。見た目はこれだが、機械的なものはほとんどない。そして今回、胴体下部には『浮遊』の魔法文字を刻んだ」

ジンが胴体上面にある球体の結晶《けっしょう》――加工された魔石に触れた。すると、ゆっくりとバイクもどきが浮かび上がる。

「おおっ！」

「高さは三十センチくらいに調整してある。次に操作方法だが――」

加速は、右足のペダルを踏み込む。すると胴体後方の魔石から、風魔法を応用した風噴《ふん》射《しゃ》が起きて、前進。

対してブレーキは左足のペダル。これを踏むと、後方からの噴射が止まり、胴体前方の噴射口から風魔法が逆噴射の如く発動して勢いを止める。

旋回《せんかい》はハンドルを使い、左へハンドルを切れば、胴体前部の右の小噴射口から風魔法が放たれ、左へと向く。切り続ければ旋回。

反対に右へ行きたければハンドルを右に切って、左の小噴射口から噴射する。

「ちなみに、この風魔法は乗り手を乗せたまま、このバイクもどきを進ませる推進力がある。間違《まちが》っても、人やモノを近くに置くな。吹《ふ》っ飛ばされるほど強力だ」

「この見た目で……？」

玩具みたいな外観で、人をぶっ飛ばすとは――ソウヤは、しげしげと浮遊バイク一号を眺める。

浮遊させる魔石に、推進用の魔石が――

「ちなみにこの魔石はどこから調達した？」

「私が個人的に持っているものだ」

自前で用意したものだった。

「これ、いくつ魔石を使った？」

「七つかな。魔法を発動させる触媒《しょくばい》と、命令を伝えるための信号を送る小魔石も使っている」

魔石を部品に使うとなると、その分だけ生産コストが掛かる。世間一般《いっぱん》では、割と高値で取引されている品なのだ。

「君の懸念《けねん》はわかるよ、ソウヤ君」

ジンはあご髭《ひげ》に手を当てて、考える仕草をとる。

「使っている魔石の数を減らせば、その分、コストダウンに加えて量産性も上がる。簡単な解決方法をあげるなら二つある」

「二つ？」

「一つ、タイヤを付けて、浮遊バイクではなく、車輪付きのバイクにすることだ。そうすると旋回がハンドルとタイヤでできるようになるから、その分に使っていた魔石を省略できる。魔法に頼らないブレーキシステムを作れるなら、その分も削減《さくげん》できる」

「浮遊バイクではなくなるな」

だが『浮遊』にこだわらないなら、移動手段としてはありだ。

「二つ目は？」

「乗り手が魔力を供給する。これなら魔石はいらない」

「……だがそれは」

「うむ、魔術師や魔力を制御《せいぎょ》する適性のある者しか運転できない」

コストカットと引き換《か》えに、乗り手を選ぶ。バイクと言いながら運転する人間の魔力を吸い続けるなら、実質、ペダルを漕《こ》がないだけで自転車である。消費するのが体力か魔力の違いでしかない。

「……とはいえ、自転車と考えるなら、これもまたありか」

ソウヤは独りごちた。

「ちなみにこれ、動くの？」

「もちろん、スピードは出ないがね」

試作一号機なら、そんなものだろう。実際にコメット号という愛車で浮遊バイク歴の長いソウヤが、この浮遊バイク一号に乗ってみる。

――何かしっくりこないな。

おそらく座席らしきポジションと、ハンドル、ペダルの位置がコメット号と違うからだ。これは慣れの部分も大きいと思った。初めて馬に乗った人間が感じる、初見の感覚みたいなものだ。

フワフワしている感じは、コメット号とさほど違いはないようだが、車体の重量感の違いのせいか、やはり違和感《いわかん》はある。

ジンにもう一度、運転方法を教えてもらい、いざ試乗。

「おー」

全然スピードが出ない。ジンは調整したと言っていたから、やりようによっては、もっと速度も出せるだろう。お子様向けの玩具の自動車に乗っているような感覚だ。

加速、ブレーキ。加速、右、左と蛇行《だこう》。のち右旋回を一回、左旋回を一回。

「……」

「どうかね？」

戻《もど》ってきたソウヤに、ジンが問うた。

「コメット号と比べちゃアレだが、この短時間で浮遊バイクができちまうなんてな。大したもんだ！」

手作りであることを加味しても、きちんと動くモノを作り上げたジンの腕《うで》は大したものである。

「基本はこの形で行くんだろう？」

「そうだ。ただ、外で使うなら、他《ほか》にも色々な機能を持たせる必要があるから、魔石の数は増える」

たとえば照明とか、とジンは言った。

「場合によっては魔石に頼らない方法も試作、開発する必要があるかもしれない。もっとも、その装置なり仕組みが魔石より安くなるとも限らないがね」

素直に魔石を使ったほうが、コスト削減に繋がる場合もある。

「きちんとしたものにするには、まだまだ試行錯誤《しこうさくご》だろうね」

ジンは鷹揚に告げる。

「とりあえず、いくつかプランを出すから、確認《かくにん》してくれソウヤ君」

浮遊バイク、あるいはバイクの製造計画、その第一歩はこうして踏《ふ》み出された。

・
・
・

翌朝、ソウヤがアイテムボックスハウスを出たら、仲間たちが家の前で集まっていた。

「増えてる……」

浮遊バイクが。

ジンとセイジが改良型浮遊バイクを作っているのを余所に、ミストとソフィアが新型浮遊バイクを走らせていた。

素人《しろうと》走行ながら、彼女たちがバイクを楽しそうに乗り回している様に、ソウヤは思わず苦笑するしかなかった。

「爺さん、オレが寝《ね》ている間に、バイクが増えているんだが？」

「ああ、お嬢さん方が、バイクを作っているのに興味を持ってね。見ての通り、彼女たちはバイクを運転したかったようだ」

「……そのようだな」

これまではソウヤがコメット号を主に走らせ、サブでセイジが運転していた。一台しかなく、仕事に使っていた時は何も言わなかったが、本当のところは、彼女たちも乗りたかったようだ。

「えーと、あの二人が乗っているのは一号じゃないな。二号と三号で、爺さんたちが作ってるのが四号か？」

「そうなるな。……セイジ君、そこの動力となる魔石を取ってくれ。紫色《むらさきいろ》の大きいやつだ」

「これですね」

セイジが完全に助手をやっていた。ソウヤは肩をすくめる。

「その魔石、私物だろう？　銀の翼《つばさ》商会のほうから払《はら》うぞ」

「いや、魔石に関しては気にしなくていい。その気になればいつでも出せる」

「……はい？」

いつでも出せる、とは？　聞き違いだろうか。首を傾《かし》げるソウヤ。

「でも、あっちの二台にも魔石を使ってるだろう？」

「いや、あの二台は、魔石を積んでいない」

きっぱりとジンは断言した。

「魔石を使っていない……？　ああ、乗り手の魔力で走るやつか」

別名、バイクの形をした自転車。動かすには魔力を使うわけだが、それが魔石からか乗り手かどうかは、大した問題ではない。

「あの二人、魔力の量に関しては破格だからね。魔石なしバイクの運用テストにちょうどいいだろう」

ジンの言葉に、ソウヤは「そうだな」と同意する。

以前話していたバリエーションを、早速《さっそく》作り上げてしまうあたり、この老魔術師の底が知れない。

「で、今、作っているのは？」

「一号をベースに、純粋《じゅんすい》に性能向上型だな。量産は考えていない、完全に銀の翼商会業務用だ」

つまり、荷車を牽《ひ》いて移動するコメット号の代理使用が可能な浮遊バイクということだ。

何か速度が必要な事態になった時、四号に荷車を牽かせて、コメット号で単独移動や、その逆もまた可能ということだ。

――以前、ソフィアを初めて乗せた時、盗賊《とうぞく》と出くわして、そのまま突《つ》っ込んだもんな。

浮遊バイクが二台あれば、荷車は停止から引き返す間に、もう一台で突撃《とつげき》して時間稼《かせ》ぎとかできた。

現在組み上げ中の四号バイク（仮）は、一号の楽器ケースのような無骨なものと変わって、だいぶ近未来感のある形になっている。

――まあ、コメット号のほうが、まだ格好《かっこ》いいいな。

心の声に留《とど》め、ソウヤはジンから説明を受ける。

コメット号と違い、この四号バイクは、防御《ぼうぎょ》用の魔法障壁《まほうしょうへき》が展開可能。前方に魔法弾《まほうだん》を投射する魔法杖《まほうじょう》を二つくくりつけていて、戦闘《せんとう》にも使える仕様となっている。

さらに内蔵魔石のほか、乗り手の魔力を投入することが可能なハイブリッド仕様で、先の防御魔法や攻撃《こうげき》のほか、速度なども強化が可能であるという。

――コメット号の上位版？

さすがに、ソウヤとしては、少々面白《おもしろ》くない。そんな元勇者を余所に、ジンは話題を変えた。

「新しい荷車の案をまとめてみた」

そう言って彼《かれ》が見せてくれたのは、新しい浮遊バイクとそれが牽引《けんいん》する荷車――いや、それは荷車と呼べるものには見えなかった。

「……絵が上手《うま》いな」

「ありがとう。で、感想は？」

「何か凄《すげ》ぇ……」

牽引する浮遊バイクは、大型化していて、見るからに馬力がありそうだ。流麗《りゅうれい》なコメット号に比べると無骨感マシマシ。速さよりパワーというのが外見からもお察しだった。

「一号が、あんなカクカクしてたのに、ひどい違いだ」

「まだそれを引っ張るか。機能確認用にシンプルにしただけだと言っただろうが」

苦笑するジン。ソウヤは荷車とはほど遠い代物《しろもの》を見やる。

「帆《ほ》がないヨットみたいな形してんな」

「帆もマストもないから、風では進まない」

ジンが冗談めかした。

「五人でも六人でもゆったり過ごせるようにというオーダーだったからね。船でいうところのデッキ部分は、外敵に襲《おそ》われた時の迎撃《げいげき》にも、貨物輸送、定員以上の人を乗せるのにも使える」

「結構、大きいよなこれ？」

「大型馬車よりは大きい」

「デカ過ぎると、通行できない場所も出てくるんじゃね？」

「そりゃあそうだろう。普通《ふつう》の馬車だってそうだ」

基本は街道《かいどう》を通るから、仮に向かいから馬車が来たら回避《かいひ》する。

「だけど、周りに木があって避《よ》けられない場合はどうする？」

「浮《う》かべばいい。この車も、ふだんは浮遊魔法で浮かせているから。横に避けられないなら上に行けばいい」

ジンは、新しい荷車について説明する。

浮遊魔法で地表と接していないので、ふだんの走りも地形に影響《えいきょう》されない。つまり馬車特有の尻《しり》が痛くなるアレはない。浮いているので、地面はおろか水面の上も移動が可能。重力変更《へんこう》の魔法により、平地に設置することもできる。ソウヤのオーダーである、移動店舗《てんぽ》的な使い方がしやすいようになっている。

内部は客室のほか、簡易キッチンを備え、アイテムボックス倉庫などがある。

「ただし、操縦装置はついていない」

あくまで、浮遊バイクが牽引することで移動する。

「自力移動するためのシステムを組《く》み込むと、スペースを圧迫《あっぱく》するからね」

「それでバイクが大型化しているのか」

「いや、それは関係ない」

あくまで荷車とのバランスの問題だと、ジンは答えた。

それはともかくとして、ソウヤは今回の案を実現する方向へ決めた。

――格好いいからな！

「爺さん、これ、どれくらいで作れる？」

「他業務を無視していいなら、三、四日。ミスト嬢《じょう》とソフィア嬢のどちらか、あるいは両方がヘルプしてくれるなら、半分くらいに短縮できる」

案外、早かった。

「必要なのは、魔力だからね」

それでミストとソフィアという人選なのか。色々な素材を購入《こうにゅう》したりかき集めなくても製作できるからこその、この製作期間なのだろう。

「爺さんに任せるよ。それと物知りな爺さんに聞きたいことがあるんだが……」

ソウヤは以前カロス大臣宅で受けたペルラ姫《ひめ》の依頼《いらい》を、ジンに聞かせた。

「――クレイマンの遺跡《いせき》ね……」

ジンは、顎髭《あごひげ》に手を当てた。

「私は地元の伝承や伝説には疎《うと》いのだが、有名な話なのかな、セイジ君？」

「おとぎ話程度ですが」

バイク作りの助手をしていたセイジが顔を上げた。

「たぶん、この国の人間なら、一度は聞いたことがあると思います。本当にそんな天空人の遺跡があるかはわからないですけど」

「桃太郎《ももたろう》の桃だな」

「何です？」

ソウヤの発言に怪訝な顔になるセイジ。ジンが口を開いた。

「どんぶらこ、どんぶらこ……。確かにおとぎ話の物が現実にあるとは限らない」

さすが日本人、理解が早い。

「そのクレイマンの遺跡とやらに、私は心当たりがない。すまないな、ソウヤ」

「いや、さすがのあんたでも何でも知っているわけじゃないだろうしな」

当たり前と言えば当たり前なのだが、魔法の知識だったり、浮遊バイクを颯爽《さっそう》と組み上げてしまったりと、何でもできる年長者に頼《たよ》り過ぎたのかもしれない。

「だが、天空人とやらの遺跡だ。調べてみる価値はあると思う」

ソウヤは言った。

「現代より優《すぐ》れた技術を持っていたって話だ。飛空艇《ひくうてい》なんかもそうだな。そんな連中なら、瀕死《ひんし》の傷からも立ち所に復活する薬とか、一度石になってしまった人間を元に戻す薬なり魔法なりがあるかもしれない」

「アイテムボックス内の人を復活させる方法探し、ですか」

セイジが腕を組む。ソウヤは頷いた。

「それに、商人としては貴重な品をゲットするチャンスでもある」

「なるほど。銀の翼商会としては悪くない選択《せんたく》というわけだな」

ジンはそこで片方の眉を吊《つ》り上げた。

「それで、何か手掛《てが》かりはあるのか？」

「いや、今のところはさっぱり」

「だろうな。あれば、早々にクレイマンの遺跡も他の誰かが見つけていたりするだろう」

「まあ、その辺は、追々情報を集めるさ。それで、飛空艇で思い出したんだが――」

ソウヤは、老魔術師を見た。

「霧《きり》の谷で拾ったやつを思い出してな。いつか使えないかと思っていたんだが……修理できないかと思って。ただ正直、どこから手をつけていいかわからない。見てもらってもいいかい、爺さん？」

「飛空艇ね」

ジンは考えるように腕を組んだ。

「見るだけ見てみよう」

この見てから判断しよう、という考え方は、ソウヤは好ましく思う。浮遊バイクなどを作れる技術を持っている人物だけに、多少は機械にも詳《くわ》しそうだから相談したわけだが、頭ごなしにできないとか言われないのは、聞くほうとしても助かる。

そう考えると、この老魔術師は、熟練魔術師の典型である自分が絶対、自分が一番モノを知っているから意見するな、というものとは無縁《むえん》のようだった。

聞く耳を持ってくれる年輩者《ねんぱいしゃ》は、それだけで敬意をもたれるものなのだ。

「それで、ソウヤ。まずは荷車のほうを組み上げるべきかな？　それとも飛空艇のほうを先に見たほうがいいかね？」

「見るだけなら、今見てもらってもいいだろう。作るのは荷車を優先したいが」

「承知した」

というわけで、ソウヤは、アイテムボックス内に、保存している飛空艇を具現化、その広い駐機《ちゅうき》スペースへと、ジンとセイジを招待した。

「君のアイテムボックスは、こんな大きなものまで入るんだね」

どこか皮肉っぽくジンは言った。

一見すると帆船《はんせん》のようなシルエットが目を引く。船体中央にはマストが立っていて、見張り台と帆を張るための設備がある。船体左右には主翼《しゅよく》が一枚ずつあって、さらに船体底にも舵《かじ》となる翼がついていた。……底の舵のせいで、飛空艇を支えている台がかなり高くなっているのはご愛敬《あいきょう》。

「僕、飛空艇って初めて見ました……」

セイジは、船に目を釘付《くぎづ》けにされていた。ジンが首を傾げる。

「この船台は？」

「箱型アイテムボックスを作るスキルを応用して作った」

箱型でいいなら、壁《かべ》だって作れるソウヤである。ジンは言った。

「だが、もう少し安定した船台が欲《ほ》しいな。作業をしている間に傾《かたむ》いても困る」

「そうだな」

それについては言い訳のしようがない。

「ソウヤ、谷で拾ったと言ったが、どういう状況《じょうきょう》だったのかな？」

「どういうって、そのままだぜ？　墜落《ついらく》したんだろうけど、何で落ちたのかは、さっぱりわからん。あー、そうそう、船の底に穴が空いてた」

思い出しながらソウヤは首をひねる。

「たぶん、墜落した時に地面とぶつかったせいだと思うが」

「……船のまわりを一周してみるか」

ジンの提案に従い、三人は飛空艇を見ながら一周する。よくよく見れば、側面にもいくつか破壊《はかい》の跡《あと》がある。

「戦闘をしたのか……。ただ、つい最近ではなく、かなり昔のようだがね」

「昔、ですか」

口をあんぐりと開けたまま、セイジは大きな飛空艇を見上げている。

「そう。昔だ。この船体にはわずかながら魔力のコーティングが残っている。腐食《ふしょく》止めなのだろうが、所々切れている」

ぐるっと回ってみて、ジンは頷《うなず》いた。

「全長はざっと三十メートルくらいか。主翼は二枚で可動式。砲《ほう》は大小10門程度。レシプロエンジンかな……エンジンにプロペラまでついている」

「使えそうか？」

「完全に再現しろ、と言われたら難しいね。私が設計した船ではないし」

中を見てみよう、とジンは促《うなが》した。

「だが、別のものに置き換えていいなら、使えるようにはできるんじゃないかな」

ソウヤたちは、飛空艇にかけた梯子《はしご》を使って乗り込《こ》んだ。

遠くから見れば、形は整っていた飛空艇だが、近くで見ると傷《いた》みや破損が目立った。木目のデッキは、海上の帆船そのものといった甲板《かんぱん》となっている。

「大航海時代の船を思わすね」

「乗ったことがあるのかい、爺《じい》さん」

「まさか。写真などで見たことはあるよ」

日本にいた頃《ころ》の話だろう。ソウヤとジンにはそれでわかるが、セイジだけは意味がわからずさっぱりだった。

「板もそれなりに腐《くさ》ってるものがあるな……。船大工に頼《たの》んだら、修復には相当な金が必要になるだろうね」

「オレたちで直したら？」

「そもそも、直す技術はあるのかね？」

ジンは問うた。そう言われたら、ソウヤも肩《かた》をすくめるしかなかった。

甲板から中へ入る。長らく無人だったのだろう。埃《ほこり》っぽく、船内は真っ暗だった。

「さて、中はどんな様子かな」

飛空艇の中を進む。真っ暗な船内だが、ジンが照明の魔法で照らしてくれたので、視界はそれほど悪くない。

しかし、長年放置されていただろう船内は、あまり快適とは言い難《がた》かった。

「うわぁ、クモの巣だ……」

セイジが顔をしかめた。

「そういえばソウヤさん。ここアイテムボックスの中ですけど、この船と一緒《いっしょ》にきただろうクモとか虫とかってどうやって生きているんです？」

「生きているといえば生きているが……」

ソウヤは剥《は》がれた床《ゆか》の板に躓《つまず》かないように避ける。

「アイテムボックスに飛空艇を収容した時に、リスト化されて分けられるんだよ。ちなみにこの船にいた生き物は、いま時間経過無視空間のほうに保存されている」

「つまり、その生き物たちは、この船の中にはいないということだね」

ジンが確認するように言えば、セイジがホッとする。

「そうなんですか……。つくづく、ソウヤさんのアイテムボックスって凄《すご》いですね」

「まあな」

上級船員用の部屋、貨物室、食堂と食料庫と見て回る。ネズミもいなければ、白骨死体があることもなかった。

木製の帆船のよう、と言ったが、適度に金属が使われていて、パイプやバルブ、窓枠《まどわく》のほか、一部の装甲《そうこう》も金属板となっていた。

「……機械だな、これは」

自衛用か、武装が備え付けてあるが、これは完全に機械式の砲座《ほうざ》や銃座《じゅうざ》となっている。

船体中央から後部へ。すると、巨大《きょだい》な魔石《ませき》のようなものが設置された部屋についた。大きさは直径五十センチほどの球形。しかし、中央からパックリと割れている。

「飛行石だ」

十年前に乗った飛空艇にも同じ飛行石が積まれていた。ソウヤの呟《つぶや》きに、セイジが聞いた。

「何ですか、飛行石って？」

「飛空艇みたいなでっかいものが空を飛ぶのに必要な石だよ。魔力を流すと、空に浮かぶんだがな」

現在使用されている飛空艇は、ほぼすべてこの飛行石が搭載《とうさい》されている。

ジンが顎髭に手を当てる。

「ふむ、墜落の原因は、この飛行石が破損したせいかな」

「そういうことだな。しかし飛ばすとなると、これの代わりを手に入れないといけないな」

はて、これはどこで調達すればいいのか。そもそも王国でも飛空艇自体、十数隻《せき》程度しかないと言われている。その原因は、この飛行石の入手難度に影響されていると、かつては聞いたことがあるが、何せ十年前の情報だ。今はどうなっているのだろうか。

続いてエンジンルーム。機関関係設備が埃を被《かぶ》っているが――

「私も専門家ではないから、これについてはいじれないいな」

老魔術師は顎髭を撫でた。ソウヤもエンジンには触《さわ》りようがなかった。

かつて、勇者ご一行が乗った飛空艇には、専門の機関士たちがいた。だから、彼らに任せていたわけだが。

「専門家に見てもらうしかないな」

「心当たりはあるかね？」

「王国には飛空艇乗りがいるからな。古い友人を通せば、ひとりや二人くらいは」

とはいえ、勇者時代の話だから、あれから十年の月日が流れている。まだ王国の機関整備士をやっているのだろうか……？

・・・

ひと通りの確認《かくにん》作業ののち、飛空艇はまたしばらく放置。新しい荷車――牽引《けんいん》式移動店舗の製造を優先させることになった。

ジンがセイジとガルの手伝いのもと、牽引車の開発を行う。一方で、ミストとソフィアは浮遊バイクを乗り回していた。

――そんなにバイクが気に入ったのか。

キャイキャイと騒《さわ》ぐ女子組である。

北北西へと延びる街道を進みつつ、ソウヤはコメット号に乗り、荷車を牽引する。

アイテムボックス内で乗りまくって運転技術の基礎《きそ》を身につけた彼女《かのじょ》たちである。今度は外で、浮遊バイク運転の実習だ。

「おーい、あんま離《はな》れんなよ！」

「わかってるわよぉー！」

ミストが先頭切って、街道脇《かいどうわき》の草原をバイクでかっ飛ばせば、ソフィアもそれに続く。なお二人ともゴーグルを着用している。

「ミスト師匠《ししょう》ー、風、めっちゃ気持ちいいですねっ」

「当たり前よ。そういう速度で走ってるからね！」

ドラゴンの姿になれば空も飛べるミストである。高くなればなるほど、人間なら防寒着が必要になってくるほど、空とは過酷《かこく》なのだ。速度もまた然《しか》り。速ければ速いほど、正面から浴びる風圧も強くなる。時に口を開けてられないほどであり、顔面崩壊《ほうかい》待ったなし。

「ソフィアー、まだへばってないわよね⁉」

「大丈夫《だいじょうぶ》ー！　まだ全然よゆーー！」

魔力量は凄《すさ》まじい彼女たちである。動力を積んでいない浮遊バイクに常時魔力を供給し続けている。魔力が少ないと、すぐに動けなくなるのだが、彼女たちは元気だった。

のんびりと、それでも馬車などより全然速い浮遊バイク。ソウヤはコメット号を走らせ、街道を進んで行った。

途中《とちゅう》、何やら集団が向かってきた。どうやら盗賊だったようで、武器を抜《ぬ》いて突っ込んできたところを、ミストに促されたソフィアが魔法で吹き飛ばした。

「アイスレイン！」

巨大な氷柱《ひょうちゅう》が雨霰《あめあられ》と降り注ぎ、盗賊連中は近づけない。ソフィアが魔法カードを使わずにやったのだが、その威力《いりょく》は、加減を知らないミストのそれと同等だ。

「うわぁ……すげぇな」

ソウヤは素直《すなお》に驚《おどろ》いた。これがつい最近まで魔法を制限されていた人間の力なのか。

「まあ、師匠がいいからね！」

ソフィアは得意げだった。からかうようにミストが口元に笑《え》みを浮かべた。

「あら、それはワタシのことよね？」

「二人とも、よ。ジン師匠が魔法はイメージって言っていたし、ミスト師匠の魔法を普段《ふだん》見ているからやりやすかったわ」

二人の師匠の教えは、互《たが》いに衝突《しょうとつ》することなくうまく教え子に吸収されたようだ。

ソウヤは、ソフィアがすでに戦場に出てもおかしくない——第一級の魔術師《まじゅつし》レベルではないかと思った。集団を撃退《げきたい》できる魔法が使えるなら、従軍魔術師としてお声が掛《か》かるだろう。これまで魔法を満足に使えなかった少女とはとても思えない上達ぶりだった。

元々、高名な魔術師の家に生まれ、秘《ひ》めたポテンシャルは高かったということだ。

——これは、ソフィアが家に凱旋《がいせん》する日も、そう遠くないな。

その時は犯人探しになるだろうが、ここまで付き合った手前、ソウヤは最後まで手伝おうと決めていた。

さて、盗賊連中だが、彼らは最初の魔法で敵《かな》わないと判断したか逃走《とうそう》した。浮遊バイクで追いかければ掃討《そうとう》も可能だが、距離《きょり》があるうちに早々に逃《に》げたので深追いはやめた。

気を取り直して、街道へと戻る。次の町へ、銀の翼商会は行く。

第四章　新しい町へようこそ

MAO WO TOBATSU SHITA GOWAN YUSHA SHONIN NI TENSHOKU SU

草原がいつしか荒野《こうや》に変わり、しばらく道なりに進んでいると町が見えてきた。

バッサンの町――規模で言えば、エイブルの町と大差はない。だが近くには、かつての文明の遺跡がいくつか発掘《はっくつ》されていて、バッサンの町はその拠点《きょてん》となっているらしい。

「ほう、なら、珍《めずら》しい掘《ほ》り出し物があるかもしれないな」

ジンが言えば、ミストも相好を崩《くず》した。

「それは面白そうね」

「掘り出し物かぁ」

ソウヤは町の外で浮遊バイクから下りる。

「遺跡がそこそこあるらしいからな。飛空艇に使えるようなものがあるかもな」

それなりの規模の町だと、露天《ろてん》などで商売するには町にあるだろうギルドを通さないと無理だろうから、訪問販売《はんばい》以外はやらない。

町の入り口の検問所で審査《しんさ》を受ける。カロス大臣からもらった通行証を見せたら、無料で通れた。

「ちゃんと使えたなぁ、これ」

「王国の権威《けんい》も、一応届いている場所ということだろう」

ジンはそう評した。

まずは宿を確保し、一日は観光気分で過ごしつつ、情報収集や買い出しに当たる。掘り出し物探索《たんさく》や、魔族の情報。さらに遺跡が多いという土地柄《とちがら》、クレイマンの遺跡や古代天空人関係の情報も漁《あさ》れるかもしれない。

街並みは四角い建物が多く、街道が通っているだけあって、大通りは宿が多かった。通行人も町の外から来たような格好の者が少なくない。

セイジが目を細める。

「旅人や商人が多そうですね」

馬車の数もそれなりに見受けられる。道幅《みちはば》も広くとられていて、すれ違《ちが》いも余裕《よゆう》だ。

「ここに来るあいだに、盗賊が出たもんな。街道だし、通行量もそれなりなんだろうな」

そう口にして、ソウヤは首を捻《ひね》る。

「しかしその割には、街道で遭《あ》わなかったな。そういう馬車とか旅人には」

「集団で移動しているからではないかな?」

ジンが顎髭をいじる。

「盗賊が出たと聞いたが、規模が大きかったようだし、ここでは少人数での移動は避けているのではないか」

「盗賊の餌食《えじき》になるから、か」

その少人数組である銀の翼商会は、魔法《まほう》で撃退してしまったが。なるほど、そういう戦力がある商人ばかりではないということだ。当たり前だが。

適度によさげな雰囲気《ふんいき》の宿を予約。ソウヤは受付でバッサンの町の冒険者《ぼうけんしゃ》ギルドの話を聞いて、顔を出しておくことにした。

ミストはベッドでお昼寝《ひるね》したいと宿に残った。面白そうとか言っていたのは何だったのか。

セイジは食料の買い出しに行く。観光がしたいらしいソフィアがセイジに同行することになった。

ジンは牽引車をいじり、ガルは町を観察するという。暗殺者という職業柄《しょくぎょうがら》か、巡回《じゅんかい》して土地勘《とちかん》を得ようとしているのだろう。

・・・

ソウヤは、一人でバッサンの町の冒険者ギルドへ行く。石造りの大きな建物は、エイブルの町の冒険者ギルドの二倍近い敷地《しきち》面積があるようだ。

「……」

入り口が二つあった。そして建物の外にいた連中の衣装や装備が、右側入り口と左側入り口で違うことに気づく。

片や冒険者、片や商人。

「なるほど、ここは冒険者ギルドと商業ギルドが隣接《りんせつ》しているのか」

用があるのは冒険者ギルドのほうなので、荒《あら》くれ者っぽい格好をしている連中のいる左側入り口へと向かう。

地元の冒険者たちは割と日焼けしている印象だが、外見でなめられたら終わりとでも思っているのか、アウトローな見た目が多い。

――このうちのどれだけが見た目だけのハッタリ野郎《やろう》だろうか。

ぼんやりそんなことを考えながら中へ。これまた広いフロアだが、混雑の時間帯ではないようで、ずいぶんと閑散《かんさん》としていた。

商業ギルドと隣接していると思ったが、どうも中は繋《つな》がっているようだった。

なら入り口がひとつでもいい気がするのだが、冒険者と商人で分けるだけの理由があるのだろうとソウヤは考え直した。

怖《こわ》い冒険者が入り口で目を光らせていたら、弱小商人が怖くて近づけないとか。

冒険者ギルドのクエスト掲示板《けいじばん》を眺《なが》める。採集系の依頼、モンスター討伐依頼《とうばついらい》……種類は違えど、やること自体は他《ほか》の冒険者ギルドとほぼ同じだった。

――護衛系の依頼が多いな……。

先ほどジンが言っていたように、隊商を組んで移動するので、その護衛を依頼したい、とか、発掘現場の警備、遺跡探索《いせきたんさく》の護衛などなど。

それらを眺めると、なるほど冒険者ギルドと商業ギルドが密接に関係していることはあると感じた。

おそらく緊急依頼《きんきゅういらい》が発生したら、お互いのギルドですぐに必要なやりとりと人材確保ができるようになっているのだろう。そうでなければ隣接している意味がない。

ソウヤは受付嬢《うけつけじょう》のもとへ行き、自身のAランク冒険者プレートを見せつつ、初めてきたのでこの近辺や町の話を聞きたいと相談した。

茶色い髪《かみ》の素朴《そぼく》な受付嬢は、担当者に声をかけますと言って一度離席《りせき》する。見た目は普通だが、迷う素振《そぶ》りもなくテキパキ動く様は、安心感があった。見た目、二十そこそこだが、しっかりしているように見えた。

「お待たせいたしました、ソウヤ様。奥《おく》へどうぞ、ご案内いたします」

そうやって案内された先は、ギルドマスターの執務室《しつむしつ》。

「ようこそ、バッサン冒険者ギルドへ。私がギルドマスターのエルクです。こちらは商業ギルドのサブ・マスターのボルック氏」

商業ギルドの偉《えら》い人まで一緒にいた。

情報収集のつもりが、ギルドの偉い人たちのもとに通されてしまったでござるの巻。

冒険者ギルドのギルド長のエルクは、四十代くらいの男性。身なりが整っていて、貴族か、はたまた有力商人といった姿をしている。

対して商業ギルドのサブ長であるボルック氏は、こちらも有力商人風の服装だが、がっちり体躯《たいく》で、もし喧嘩《けんか》したら冒険者ギルドのギルマスより強そうな厳《いか》つい顔をしていた。

「銀の翼商会のソウヤ殿《どの》にお会いできるとは、まことに光栄」

こちらも四十代とおぼしきボルック氏が、恭《うやうや》しく頭を下げる。

「あー、どうも」

何とも間の抜けた返事になるソウヤ。貴族でもないし、偉い人間でもないから、こうもきちんと礼を通されると困惑《こんわく》してしまう。

とはいえ、その後の情報集めは順調だった。ギルドの偉い人たちが、よくお話をしてくれたためだ。

意外だったのは、商業ギルド側からの申し出だった。

「銀の翼《つばさ》商会は行商ですが、よければこの町の商業ギルドに商人登録しませんか？」

固定の店を構えるなら、本格的なギルド登録もするし、行商のままなら商人登録することで露天販売《ろてんはんばい》の許可証と場所についても相談できる、とのことだった。

「いいんですか？　うちらは、ちょっと特殊《とくしゅ》ですよ？」

「そうでしょうね」

ボルックは見た目の厳つさに反して、滑《なめ》らかな調子で言った。

「ですが、銀の翼商会さんの扱《あつか》っている品は、ここでは手に入らない物も少なくないでしょう」

「……なるほど」

醤油《しょうゆ》かな？　あるいはヒュドラなどの希少魔物《まもの》の素材とか――ソウヤは笑みを貼《は》り付ける。銀の翼商会で、他にはないものと言えば、その辺りだ。

「ここには初めて来たのですが、よくご存じだ」

「そりゃあもう、銀の翼商会さんのお噂《うわさ》は兼《か》ね兼《が》ね」

ボルックに続き、エルクも首肯《しゅこう》した。

「腕利《うでき》きの冒険者でもある。両方に通じているソウヤさんは贔屓《ひいき》にしていきたいと考えております」

「バッサンの町では、冒険者と商人はその仕事において密接に関係しています」

商人は運び、その護衛に冒険者が雇《やと》われる。遺跡発掘《いせきはっくつ》や調査、回収された希少な品の売買、輸送、その護衛などなど。

――うちは、どっちも自前でできるからな……。

だから片方ではなく、双方《そうほう》がこちらと関係を結んでおきたい、ということなのだろう。どちらかに加担すれば、もう片方が損をする。両者が有効な関係を維持《いじ》したいなら、独占《どくせん》ではなく分け合おうというのが、バッサンの町の双方のギルドの考えだろう。

「Aランクの魔獣《まじゅう》さえ退けるソウヤさんたちの力は、この町の多くの人を救うことになるでしょう」

「そして銀の翼商会さんがもたらす新しい品は、この町の商業を発展させてくださると確信いたします」

熱意を感じた。

話題は、この町のことへと移る。エルクは真顔で告げた。

「現在、バッサンの町近郊《きんこう》の街道には、多くの盗賊《とうぞく》が出没《しゅつぼつ》しております」

遺跡からの発掘品は、それだけで高額商品である。そんなお宝を狙《ねら》って、盗賊が多勢で襲ってくるので、バッサンの町は隊商を編成して、護衛の戦力を集めて対抗《たいこう》している状況だという。

「領主様の軍隊も鎮圧《ちんあつ》には手こずっています。というより、一度制圧しても、また別の連中がやってきて、元《もと》の木阿弥《もくあみ》というやつですね」

ボルックが腕《うで》を組んで渋《しぶ》い顔をする。ソウヤも唸《うな》った。

「そうなんですか。いっそ盗賊を殲滅《せんめつ》してやろうかと思ったんですが、それだと一時的なものに過ぎないですね」

盗賊を一掃《いっそう》してしまったら、この町の冒険者の護衛関係の仕事を激減させるのでは、と心配していたのは内緒《ないしょ》だ。ギルマスたちの話だと、ソウヤが一つや二つの盗賊集団を潰《つぶ》したところで、現地冒険者たちの仕事を奪《うば》うことにはならない。

「ええ、一時的ですね」

ボルックは頷いた。

「街道は通行量が多いですから何とかしたいものですが……」

「王国が討伐《とうばつ》軍を編成して、街道の盗賊を一掃したことはあるのですが、その時はいなくても、討伐軍が去ってしまうとまた盗賊たちも戻《もど》ってくる」

痛《いた》し痒《かゆ》し。エルクがため息をついた。

「今は隊商を組んで移動することで、王都方面の流通は確保されてはいますが……。盗賊たちが力をつけたり、あるいは何らかの理由で拮抗《きっこう》が崩れることがあれば、どうなることか」

重苦しい空気が漂《ただよ》う。ボルックは口を開いた。

「我々にも浮遊《ふゆう》バイクがあれば……」

「……ん？」

「銀の翼商会さんは、古代文明の遺産である浮遊バイクを所有していらっしゃいますよね？」

「ええ、まあ」

何だか嫌《いや》な予感がしてきた。

「かの勇者も愛用した浮遊バイク……。その速度は、あらゆる馬より速いと聞き及《およ》んでおります。我々にもそういう乗り物があれば、盗賊の襲撃《しゅうげき》を回避することもできるのでは、と」

ボルックは遠くを見る目になった。

「流通には速度も大事だと思うんですよ。物が速く運べれば、これまで鮮度《せんど》の問題で諦《あきら》めていた食材などを仕入れることもできるようになる……。輸送の高速化、その鍵《かぎ》は浮遊バイクが握《にぎ》っていると私は思います」

その考えには同意である。ソウヤは、そのスピードの面で他を凌駕《りょうが》していることが、銀の翼商会の強みとなっていると考えている。

「輸送の高速化は、国の発展にも繋がる――それは間違《まちが》いないでしょう」

ソウヤは、お茶をとり唇《くちびる》を湿《しめ》らせた。

「より贅沢《ぜいたく》を言うなら、飛空艇を一般《いっぱん》の運送業に落とし込めれば、さらに速度は上がる」

「なっ！」

「飛空艇を⁉」

エルクとボルックは驚いた。思いがけない言葉だったのだろう。

「いや、しかし、あれは……」

「空を飛んでの輸送……確かに、速さの面ではこれ以上ないほどではある」

ボルックは考《かんが》え込む。

「理に適《かな》っておりますね。しかし現実問題として、飛空艇は国と一部の上流貴族のみのもの。我々では手の出しようが……」

「軍が使用する大きなものではないボートサイズなら、どうです？」

ソウヤは、思いつくまま口にした。

「ボートよりもう少し大きくてもいいでしょう。高いところを飛ばなくても、ある程度、地上より浮《う》かせられれば地形の影響《えいきょう》も受けにくい。考えようによっては、これも浮遊バイクの延長です」

「おー、なるほど」

エルクが首肯したが、ボルックは首を傾《かし》げた。

「その通りかもしれませんが、我々はその浮遊バイクすらない状態です。……ソウヤさんの案は面白《おもしろ》く、実現するならぜひ熟考したいのですが――」

「浮遊バイクを販売する……そう言ったら、どうです？」

ソウヤの発言に、ギルド幹部の二人は驚愕《きょうがく》した。

「う、売るのですか!? 浮遊バイクを!?」

「それは、魅力的《みりょくてき》なお話ですが、ソウヤさん！ 銀の翼商会の要《かなめ》ですよね!?」

「あ、コメット号は売りません。勇者マニアとしては、勇者様の形見を手放せません。こっちが言ったのは、量産した浮遊バイクを一般向けに販売しようというやつでして」

「そっ、それはどういうことですか!? く、詳しく、お話を！」

ボルックが立ち上がり、机に手をついて身を乗り出した。そのせいで彼《かれ》のお茶がこぼれた。

浮遊バイクの量産と一般への販売。

ソウヤの提案は、バッサンの町商業ギルドのボルック、冒険者ギルドのエルクを大いに驚愕させた。

倒《たお》したお茶を拭《ふ》き、新しいものを用意される間に、ソウヤは「まだ開発段階」と釘《くぎ》を刺《さ》した上で説明をした。

古代文明時代の遺産である浮遊バイクを完全再現するのは難しいが、現在の魔法と魔石技術を組み合わせて、浮遊バイクを製作することは不可能ではない。

「なんと⁉」

「魔法と魔石の組み合わせ……まるで魔道具のようですね」

エルクが顎《あご》に手を当てながら言った。ソウヤは頷く。

「まさに。魔道具と考えたほうがいいかもしれません」

「そう考えると、俄然《がぜん》、何とかなりそうな気がしてきましたね」

冒険者ギルドのギルマスは相好を崩した。

「浮遊できる靴《くつ》とかあるんだから、それを乗り物に応用すればいい。……なるほど、どうしてこんな簡単な考えに至らなかったのか。なあ、ボルックよ」

「空を飛ぶ、ということは特別なものだからな。国レベルでしか保有していない飛空艇《ひくうてい》も古代文明の遺産をベースにしているし、魔法使《まほうつか》いは空飛ぶホウキを使うが、あれは魔法使いだから使えるというのが一般認識《いっぱんにんしき》だ。特別なものだから、真似《まね》できない……そう思《おも》い込んでいたのだ」

ボルックは髪をかきむしった。

「ソウヤさん、目から鱗《うろこ》が落ちました」

「いえいえ。うちの商会で、乗り物を増やせないかという話になりましてね。試作していたら、これを一般に販売できないかと考えていたんですよ」

「まさに！　我々が求めていた品です！」

ボルックは歓喜《かんき》の声を上げた。エルクも上気した顔を向ける。

「商人はもちろん、冒険者にとってもです！」

そして国や貴族たち、その軍隊でも使われるだろうな――ソウヤは、その言葉を飲《の》み込んだ。

つまり、量産できれば、これまた需要《じゅよう》があり過ぎて、注文限界が近い醤油のように購入《こうにゅう》希望が殺到《さっとう》するわけである。

新製品の投下。もちろん製品が使い物にならなければコケるのだが、ある程度の品質さえ確保できたなら、先駆者《せんくしゃ》特権で億万長者だ。

「まだ試作の段階で、テストももちろん必要ですが、量産化の目処《めど》が立てば、どこかに製造工場を作って、専門のバイク販売業《はんばいぎょう》に着手できたら……と思っているのですが」

「それならばぜひ！　バッサンの町で！」

ボルックがまたも机ドンして立ち上がり、運ばれたばかりのお茶をひっくり返した。

――ああ、もったいない……。

「我《わ》が商業ギルドにも一枚噛《か》ませてください！　土地でも人でもお金でも、必要な支援《しえん》は何でもご協力をお約束いたしますっ！」

まだ案の段階なのだが、非常に乗り気なボルック商業ギルド・サブマスター。『何でも』ときたので、相当、熱が入っている。

――これは、バイクが牽引《けんいん》する荷車のほうも、売り物になるかもしれないな。

商人からしたら、引っ張る馬（バイク）だけでなく、車のほうもそれ用のものが欲しいかもしれない。

ソウヤは頷くと、開発担当と協議の上、まずはモノをある程度、形にしてから話を進めましょうと伝えた。

浮遊バイク製造を銀の翼商会の本業にするつもりはないので、製造を委託《いたく》できる場所があれば、と考えていた。

ここでしか話していないとはいえ、バッサンの町商業ギルドが真っ先に手を挙げたので、それもいいかなと思う。

製作担当のジンも、商品化に向けて浮遊バイクを作っていたので、これ以上は彼と相談してからの判断となる。

その後、バッサンの町や遺跡群《いせきぐん》の情報を集め、ひとまずの会談は終了《しゅうりょう》となった。

なお、ボルックが町に滞在《たいざい》している間の宿代を出してくれるとのことだった。ＶＩＰ待《たい》遇《ぐう》である。

・・・

ギルドから戻って、ソウヤは仲間たちと合流したが、ちょっとした事件があった。

「――ぶん殴《なぐ》られた？」

ソウヤは、目の前に立つセイジを見て、それからソフィア、ガルを見回した。

町の市場へ買い出しに出たセイジに、ソフィアが観光ついでに同行したのだが、聞けばナンパに絡《から》まれたらしい。

貴族令嬢《れいじょう》であるソフィアは、初めて下々の町にきたお姫様《ひめさま》のようにはしゃいでいたのだが、もう気分は最悪。お断りしたら力尽《ちからず》くできたので、セイジがソフィアを守ったのだという。

セイジは顔にアザを作っていたが、話に聞いた分では絡んできた男たち相手に、互角《ごかく》以上に立ち回ったらしい。

「セイジは負けてないわ！」

ソフィアが声を張り上げた。

「向こうが人数で手を出してきたのよ！」

取り巻きの二人が手を出してきたらしい。そこで町を見回っていたガルが介入《かいにゅう》して、そいつらを返り討《う》ちにしたと。

「フェアではなかった」

ガルは淡々《たんたん》と言った。

「次に仕掛《しか》けてきたら、殺す」

「……穏《おだ》やかに」

――この暗殺者さん、涼《すず》しい顔をして、実は腸《はらわた》が煮《に》えくり返っていたり？

だとしたら、セイジが複数人相手に苦戦していたことだろうか。人数で攻《せ》める相手に怒《いか》りを抱《いだ》いたのかもしれない。何と仲間思いであることか。

——ああ、そうか。こいつはそういう奴《やつ》だよな。

暗殺組織にありながら、仲間のことを気にかけていた。決して、血の通っていない殺人機械ではないのだ。

「次なんて言わず、ぶっ倒せばよかったのに」

近くで聞いていたミストが物騒《ぶっそう》なことを口にした。同じくそばで見守っていたジンは「おいおい」とやんわり窘《たしな》めた。

「でも確かに、もう少しやりようはあった。特にソフィア」

「え、わたし⁉」

ジンの矛先《ほこさき》が意外な方向へ向いた。

「君も魔術師の端《はし》くれなら、ああいう手合いをあしらえるようにしておかなければいけない」

「でも、ジン師匠。町中で魔法を使うのは——」

「いけない、なんてルールはあったか？」

ジンの言葉に、ミストも勢いづく。

「そうそう、大魔法で焼き払《はら》って――」

「いや、それはさすがにアウト」

ジンは首を横に振《ふ》った。

「必要なら魔法を使え。相手が暴力に訴《うった》えるなら、こちらは魔法を使っても、文句を言われるのは筋違《すじちが》いというものだ」

「でも魔法だと過剰《かじょう》だと言われませんか？」

セイジがソフィアを庇《かば》うように言った。ジンはため息をついた。

「何も攻撃魔法《こうげきまほう》を使えと言っているのではない。相手を黙《だま》らせる魔法でもいいし、麻痺《まひ》や眠《ねむ》らせる魔法で無力化して、争いを避《さ》ける方法もあった」

「あ……」

ソフィアが目を丸くした。聞いていたソウヤも同様だ。

――さすが年長者。うまいもんだ。

こういうところは見習わないといけない、とソウヤは思った。

銀の翼商会の若者たちは、少し賢《かしこ》くなった。

・・・

荒事《あらごと》にはなったが、ソフィアを守ろうと前に出たセイジの行動には、ソウヤは「よくやった」と褒《ほ》めた。

ただし、数で負けたという事実は、目を背《そむ》けてはいけない。次は複数が相手でも勝てるようにトレーニングをしようと告げるのを忘れなかった。

もしこれが戦場だったら、おそらく死んでいた。この手の状況《じょうきょう》を無傷でくぐり抜けられるようになるのが理想である。

——お嬢様《じょうさま》には、格好《かっこ》いいところを見せたいだろうしな。

今回の件は、はたしてセイジ、ソフィア、ガルの関係に影響するところはあるのか。現場を見ていないから本当のところはわからないが、聞いた限りだと、苦戦したセイジがやや不利、駆《か》けつけたガルが好感度アップ——になるのか。

——うーん、ソフィア次第《しだい》だけど、どうなのかねぇ……。

さて、喧嘩の件はそこまでにして、ソウヤはジンに、冒険者ギルドでの会談内容を伝えた。彼らは浮遊バイクや、それに類する乗り物に大変関心を抱いている。

「——前に話したバイク工場についてもな。この町に誘致《ゆうち》したいようだ」

「現物がないのに、ずいぶんと気前がいいのだな」

ジンは腕を組んだ。ソウヤも眉《まゆ》を軽くひそめる。

「銀の翼商会の評判が過大に伝わっている……そんな気がしないでもない」

「化けの皮が剥《は》がれることがないよう祈《いの》ろう」

ジンは冗談《じょうだん》めかした。

噂というのは尾《お》ひれのつくものだ。伝言ゲームがおかしな方向へ行くのはよくあることである。

「近いうちに実際のバイクを作って、お披露目《ひろめ》しないといけないかな？」

「目下、開発中ってことにしている。期限は設けてないが、今後バイクを商品として売り出すなら、あまり待たせないほうがいいと思う」

「同感だ。需要が見込《みこ》めるなら、躊躇《ためら》う理由もない」

「悪いな。バイク作りに関しては爺《じい》さんが頼《たよ》りだ。別段、急《せ》かすつもりはないから、ゆっくりやってくれ」

ソウヤが言えば、ジンは鷹揚《おうよう》に頷《うなず》いた。

「セイジとソフィアに魔法文字を教えている。マスターすれば、こちらの人員も増やせる」

「さすがだな」

「それで、ソウヤ。我らが銀の翼商会の車が完成した」

「おお、できたのか！」

ソウヤは笑みを浮かべた。

「細かな調整は必要だろうがね……。見るかね？」

「もちろん！」

ソウヤは逸《はや》る気持ちを抑《おさ》え、アイテムボックス内、ジンの工房《こうぼう》へと移動する。

果たしてそこに鎮座《ちんざ》していたのは――

「ヨットみたいだな」

「クルーザーと言ってほしいな。まあ、私も元の世界じゃ、ヨットやクルーザーに乗ったことはないがね」

「前のよりかなりデカいな」

乗るにも専用のステップや短いながらもハシゴが必要な高さがあった。馬車に乗るにもステップはあるが、それより高いのだ。

浮遊する車のためか、車輪はなし。地面に接地している状態だと車というより、陸に上がった船である。

――これが浮かぶんだもんなぁ。

「でっかいキャンピングカーみたいでワクワクするな」

「夢の自家用車に通じる部分はあるかもしれない。幅《はば》があるから、日本の一般道路で走らせるのは無理だな。中へ案内しよう」

ジンが後ろのステップ型ハシゴを使って昇《のぼ》った。上がると、ますますヨットを思わせるデッキが広がっている。全体が箱形であることを除けば、マストなどがない船のよう、というのは、あながち間違っていない。

キャビンへの入り口はまんまヨットなどの船だが、中は客室のほか、小さいながらもキッチンやトイレがあった。後は倉庫か。

キッチンは魔石《ませき》式のコンロや水道が完備されている。ジン曰《いわ》く、空調もつけたという。さすが日本人。魔法的技術で、現代のそれを再現していた。

「全員の個室はないがね。まあ、アイテムボックスハウスを使うから、いらないだろうとオミットした。一応、客室で休むことはできるし、屋外になるがデッキに布団《ふとん》を敷《し》いて寝《ね》ることはできる」

「いいね」

「それ以外については、馬車と変わらない。地面から浮く以外は、牽引式だからバイクなどに牽《ひ》かせないと動けない」

「デッキがあるから、敵が襲《おそ》ってきたら、そこから応戦できるな」

ソウヤは上から周りを見下ろす。

弓などの射撃《しゃげき》武器はもちろん、魔法なども撃《う》ち放題。わざわざ車を停《と》めて降りなくても戦えるのはいい。

「何ともタイムリーだな」

「というと？」

「近場の盗賊退治をしようと思っていてね」

バッサンの町が抱《かか》える問題。その解決の一助になれば、とソウヤは考えていた。

「盗賊退治ね」

「一応、ギルドからクエストは出ている。難度が高くて、中々消化されないらしいが」

この辺りの盗賊は規模が大きいらしい。生半可な戦力では返り討ちだろう。だから、依《い》頼《らい》はあっても、やる者はあまりいない。

「退治したところで、一時的なものらしいけどな。浮遊バイクの件はしばらく先のことになるだろうし」

「バッサンの町は今、苦しめられている、と。なるほど、理解した」

ジンは小さく頷いた。

「この車で行くなら武装も必要か？」

老魔術師《まじゅつし》の問いに、ソウヤも考える。結果的に武装より守りを重視して、現時点では防《ぼう》御魔法《ぎょまほう》を発動できるようにするに止《とど》めた。攻撃面《こうげき》では、銀の翼商会の個々の面々で充分《じゅうぶん》制圧が可能だろうと思われたからだ。

「それでこの車を牽引する浮遊バイクだが――」

話変わって、先頭へ。

「バイクも新型を使う。ソウヤはコメット号を自由に使いたいだろうからね」

専用バイクは、これまでジンが製作したバイクの中で一番大きかった。いかにも近未来的なフォルム。流線形のラインは攻撃性よりも安定と力強さを感じさせる。

「複座?」

「車と切り離《はな》して、偵察《ていさつ》などにも使えないかな、と思ってね」

車体後部が大きく左右に張り出しているので、バイクというより三輪バギーのように見えた。バイクほどの機敏《きびん》さはなさそうだが、安定感が半端《はんぱ》ない。

「これはこれで人気が出そうなデザインだな」

「車を牽いて移動する間は、銀の翼商会の顔になるわけだからね。気を遣《つか》うさ」

ジンの言葉に、ソウヤは「それもそうか」と同意する。街道《かいどう》などを移動している旅人などがまず見ることになるのは、この牽引浮遊バイクになるのだから。

・・・

ソウヤたちはバッサンの町の観光をする。

姫君《ひめぎみ》から、クレイマンの遺跡《いせき》の捜索《そうさく》を請け負ったこともあり、手掛《てが》かりがあったら儲《もう》けである。そう簡単ではないのはわかっているが、こういうのも経験だ。

とはいえ、普通《ふつう》の遺跡は、モンスターが出にくいためか、どこぞの組織が調査・発掘《はっくつ》を独占していたりする。

銀の翼商会である、と「商人」だと言ったら、遠巻きに見学させてもらえたが、深く立ち入ったりはできなかった。

この手の場を独占している者たちは、遺跡から歴史を探《さぐ》る学者先生ではなく、一攫千金《いっかくせんきん》を目指す財宝目当てなのがほとんどだったからだ。そうでなければ、場所を独占したりはしない。

つまりは、部外者を警戒《けいかい》しているのだ。

「歴史的な資料ってのは、あんま興味ないんだろうな」

ソウヤがぼやけば、ジンは小さく唸った。

「我々の世界でも、遺跡の調査に現地の人間を雇ったが、重要なところは立ち入らせないと聞いたことがあるな。お宝が出ると、懐《ふところ》に入れられて持ち去られてしまうのだそうな」

「現地人にとっちゃ、金だもんな」

独占されない遺跡は、大抵《たいてい》モンスターが出没する。それらのたびに調査が中断されたり、モンスター鎮圧に金も手間もかかるので、早々に独占されたりはしないらしい。出てくるモンスターが高レベルだった場合、場所だけ確保しても発掘ができず、赤字になってしまうからだ。

それでなくても、遺跡発掘は、必ずしもお宝が出るわけではない。金目当ての発掘は、それ自体が博打《ばくち》である。

「ねえ、ソウヤ」

ミストが欠伸《あくび》をしながら言った。

「モンスターのいる遺跡とやらに行くなら、早く行きましょうよ。ワタシ、退屈《たいくつ》だわ」

――ドラゴンは人類の歴史に興味なしか。

苦笑《くしょう》するソウヤ。しかし退屈そうなのはミストだけではなく、ソフィアも同様だった。

セイジは遺跡の発掘の様子をしげしげと眺めていたが、ガルはそれよりも周辺警戒に気を遣っているようだった。

「オレは、もう少し、発掘現場を見ていきたいんだが……。じゃ、二手に分かれるか。オレとセイジが残るから、ミストたちは先にモンスターの出る遺跡のほうに行ってくれ」

ソウヤは提案すると、相当暇《ひま》を持て余していたか、ミストが目を輝《かがや》かせた。

「いいわいいわ。あなたが来るまでにモンスターは全部ワタシたちで蹴散《けち》らしておくわ」

「……遺跡は壊《こわ》すなよ」

やり過ぎても困る。

「爺さん、悪いが監督《かんとく》してくれ。……こいつらが調子に乗ったら――」

「やれやれ。私に若い者の手綱《たづな》を締《し》めることはできるか自信がないがね。引き受けた」

老魔術師が了承《りょうしょう》すれば、聞いていたソフィアが頬《ほお》を膨《ふく》らませた。

「わたし、遺跡を壊したりしないわよ！」

「どうかな。お前、最近魔法《まほう》が使えるようになって、加減がわからないんじゃねえの？」

ソウヤは指摘《してき》する。盗賊の襲撃で使った広範囲《こうはんい》の魔法。あれを遺跡の中などで使ったらと思うと、背筋が凍《こお》るのだが。

「失礼ね！　ちゃんと制御《せいぎょ》するわよ」

「期待しておくよ。……爺さん、マジ頼《たの》むわ。せっかく良好なギルドとの関係を壊したくないからな」

そこで別れ、ソウヤはセイジと共に次の遺跡、その発掘現場へ。

「……」

「どうした、セイジ。辛気臭《しんきくさ》い顔をして」

相方が、心なしか元気がないので、ソウヤは肩《かた》を叩《たた》いた。

「お前も向こうがよかったか？」

「え……？　いや、別に」

「何だよ、ソフィアのところがいいなら、そう言えよ」

「な、なんで、そこでソフィアが出てくるんです⁉」

セイジがビックリした。――何を今さら。

「何でって、お前、あいつのことが好きなんじゃねーの？」

「すすす、好きだとか、何を言ってるんですか！」

あからさまに真っ赤なそのお顔。

――若いなー。十六歳《さい》。

異性が気になってしょうがないお年頃《としごろ》だろう。とはいえ、あまりからかうのも悪い。ソウヤはニコニコしながら、それ以上は追及しなかった。

・・・

その遺跡は、地下に埋《う》まっていた。掘《ほ》り起こされた土砂《どしゃ》から出てきたのは石造りの建物。どこか古代ギリシャのパルテノン神殿《しんでん》を思わす石柱があって、そこそこ地表に姿が見えていた。

十二号遺跡と町からナンバーがつけられている。建物の紋様《もんよう》などで天空人のものでは、と噂され、バルドラ商会がここの採掘権《さいくつけん》を買ったらしい。

ただ、冒険者《ぼうけんしゃ》ギルドと併設《へいせつ》された商業ギルドの話では、特に希少価値の高い品は出てきていないとかで、ハズレ遺跡ではと囁《ささや》かれている。

遺跡発掘はロマンだが、同時に博打である。博打、博打、博打！

「……ん？」

行けるところまで近づこうとしていたソウヤとセイジは、何やら揉《も》めている現場に気づいた。

「てめぇの言い訳は聞き飽《あ》きた！」

野太い怒号《どごう》が響《ひび》く。声の主は、ずいぶんと腹の出ている大男。身なりの良さからして、商人だろうか。周りに武装した者が十人ほどいて、おそらく護衛であろう。

恰幅《かっぷく》のよい商人の怒号の先には、灰色髪《がみ》の男と、青い髪をショートカットにした少女がいた。

——なんつー、格好だ。

少女の服装が、ここまで見てきたものとまるで違《ちが》うので、注目してしまう。ジャケットを上着に、その下に全身タイツのようなインナースーツを身につけている。……ひとりだけ、この時代の人ではないように見える。

それはそれとして、話の中心は、恰幅のよい商人と冒険者にも見える男のほうだ。灰色髪の男は三十代といったところか。角張った顎に、無精《ぶしょう》ひげ。目つきは鋭《するど》く、マントに、そこそこお高そうな服と、冒険者のようなニオイを感じさせた。

「なあ、レイグ、もうちょっとなんだよ！　もうちょっとで、お宝は出てくるんだ！」

「くどい！　それで何度目だ!?　もう耳にたこなんだよ！」

レイグというのは商人の名前らしい。そのレイグはびしりと男を指さした。

「てめぇが必ず儲かるって言って、わざわざ採掘権を買った。にも拘《かかわ》らず、出てくるものはガラクタばかり！　金になるものが出てこないばかりか、赤字だぞ赤字！　わかってんのか！」

「遺跡発掘ってのは、当たり外れがあるもんなんだ」

男が言い訳がましく言えば、レイグの額に青筋が浮かんだ。

「必ずあるって豪語《ごうご》していたのはてめえだろうが！　嘘《うそ》だったのか、この野郎《やろう》！」

「も、もちろん、嘘じゃねえ。……ちゃんと、しっかり財宝はあるはずさぁ。……なあフィーア」

男は、青髪の少女に話を振ったが、フィーアと呼ばれた彼女《かのじょ》は、つんと顔を逸《そ》らした。

「そうなのですか？」

淡々と機械のような返事だった。男は頭を抱える。

「いや、天空人の財宝はあるんだってば！　信じてくれよぉ！」

「とにかく、損失分はきちっと払ってもらう！　そういう契約《けいやく》だ！」

レイグという商人は怒鳴《どな》った。

「金貨一〇〇〇枚！　耳をそろえて返せ！」

「んな大金、払えるわけねぇ！」

灰色髪の男が声を張り上げたが、レイグは怒気《どき》を強める。

「アホが、払うんだよ！　絶対にお宝があるから、損はさせないと言ったのはソッチだろうが！　もし見つからなければ補填《ほてん》するって言ったのはてめぇだぞ！」

「うっ、それは……」

男は言葉に詰《つ》まる。商人は腕を組んだ。

「ほらみろ、てめぇは調子のいいことばかり言いやがる。これ以上、口車に乗る気はねえ。約束どおり、払うんだよ！」

……などというやり取りを、遠巻きに見守るソウヤとセイジ。遺跡を眺《なが》めにきたら、面《めん》倒《どう》な場面に遭遇《そうぐう》したものである。

「聞いた限りだと、あの男のほうに非がありそうだな」

財宝が出てくると言って発掘資金を商人に出させた。これで、きちんと見返りに財宝が発見されていれば何の問題もなかったが、ハズレると悲惨《ひさん》なことになる。

──しかも金を出させる段階で、もし見つからなければ弁済すると契約しちゃってるとなると、完全に自業自得《じごうじとく》だろうなぁ……。

よほど財宝発見に自信があるか、さもなくば確証があったのではないか。そうでなければ、アホか博打狂《ばくちぐる》いだろう。

ソウヤは天を仰《あお》ぐ。つまらない場に居合わせた不幸を嘆《なげ》きたくなる。

と、そこで違和感《いわかん》に気づく。

──なんか、空が歪《ゆが》んでね……？

虫眼鏡で覗《のぞ》き込《こ》むと、周りと見え方が違うものだが、何となくそれに似たような歪みが見える。青空の、ほんの小さな違和感。高さは大体、十メートルくらいのところか。

――モンスターが潜《ひそ》んでいる……？

しかし動きはない。何かの仕掛け？　遺跡の上というのは何とも意味深ではないか。調べたい。

まるでＵＦＯを見たような、何だろうという好奇心《こうきしん》が疼《うず》いた。ただ、ここはバルドラ商会が採掘権を持つ遺跡である。許可なく入るのは難しいだろう。

今も、おそらくその商会の人間がいて、金を払う払わないで揉めている。

「早く立ち去ってくれねえかな」

「え？」

ソウヤの呟《つぶや》きを、セイジは聞き逃《のが》さなかった。

「――ライヤー、金が払えないって言うんなら」

レイグ商人が、我関せずという雰囲気《ふんいき》の青髪の少女――フィーアに向いた。

「その人形娘《むすめ》を引き渡《わた》せ。そいつは古代文明の遺産なんだろう？　てめぇの借金返済に充分な金になるだろう⁉」

――え、あれ古代文明の遺産なの？

ソウヤはポカンとなった。変わった服装だが、普通の女の子に見えたそれが、古代文明時代の人形とは思わなかったのだ。ゴーレムか、それともアンドロイドみたいなものだろうか？

「フィーアを⁉　駄目《だめ》だ、こいつァ渡せねえ！」

灰色髪の男——ライヤーと呼ばれたその男が跪《ひざまず》いた。

「頼む、レイグ。いや、レイグさん！　フィーアは大事な存在なんだ！　こいつを渡したら、あんたらバラしちまうんだろう‼　それだけは勘弁《かんべん》してくれ！」

「……何もバラすとは言ってないが。確かにそうしなければ売れんかもしれん」

「だー！　やめてくれ！　何でもする‼　だから勘弁してくれ！」

ライヤーが土下座っぽく手をついて頭を下げた。

そこまでして守りたいものなのか——見ていたソウヤは、少し興味を持った。

古代文明時代の人形というのも気になるが、少女の姿をしたそれを必死に守ろうとする姿は、娘を庇う父親のようにも見えたのだ。

「何でもするっていうなら、今すぐ金を返せ！　それができなきゃ人形を差し出せ！」

レイグは断言するように力強く告げる。

「何でもするってのは、そういうことだろう？」

「……」

──あーあー、見てらんないよ、ほんと。

ソウヤは自身の中の悪い癖《くせ》が顔を覗かせているのを自覚した。一歩踏《ふ》み出し、彼らのもとへ近づこうとすれば、セイジが慌《あわ》てた。

「え、ソウヤさん⁉」

「ちょっとお邪魔《じゃま》しよう」

というわけで、ツカツカと歩み寄ったら、商人の周りの用心棒たちがやってきた。

「何者だ？　勝手に入ってくるんじゃねえよ！」

「あー、銀の翼《つばさ》商会のモンだが、こちらに発掘の責任者いる？」

ソウヤが愛想笑《あいそわら》いを浮かべると、護衛の男たちは警戒するように怪訝《けげん》な顔になった。商会、つまり商人と名乗りながら、ソウヤの格好が冒険者のそれにしか見えないからだ。

「いま取り込み中なんだが？」

「借金がどうとか聞こえたんだけども、その借金──えーと、金貨一〇〇〇枚の件」

「ちょっと待て。──レイグさん！」

護衛の一人が、レイグを呼んだ。ライヤーと問答をしていた彼は不機嫌《ふきげん》そうに、ソウヤを見たが、借金の返済うんぬんと護衛から聞くと、こちらへとやってきた。

「バルドラ商会、遺跡発掘部門《いせきはっくつ》の、レイグです」

「銀の翼商会、ソウヤです」

「あー、あなたが、噂《うわさ》の銀の翼商会の勇者様」

「勇者マニアです」

思わず訂正《ていせい》を入れるソウヤ。しかし、小さな行商である銀の翼商会を知っていると聞くと、本当に知名度が上がったのだと実感する。

「それで、かの銀の翼商会さんが、ライヤーの損失分を補填してくださるというのは本当なんですか？」

「あー、まあ……」

本音、ここの採掘権を買いたい。だが、彼の今の関心は損失分の補填でいっぱいのようなので、そっちに乗る。

「そうですね。金貨一〇〇〇枚とか」

「はい。ライヤーの代わりに払っていただけるので？」

「契約書《けいやくしょ》は？」

「ここに」

レイグは懐からロールを出して、それを広げて見せた。ライヤーとバルドラ商会のレイグが交《か》わした契約だ。

――確かに、財宝に類する発掘品が出なかった場合、ライヤーが補填すると書いてあるな……。ふむふむ。

「確認《かくにん》ですが、金貨一〇〇〇枚を補填分として出した場合ですが、ここの採掘権はどうなってます？」

「バルドラ商会は手放しますよ。持っていても赤字になる一方ですから……もしかして、銀の翼商会のほうで採掘権を買いたいと？」

レイグは難しい顔になった。

「こんなことを言いたくはないですが、やめたほうがいいですよ。ここはゴミしか出てこないですから、損するだけだ」

「まあ、財宝を狙《ねら》っているというのではないですから。古代文明にはロマンがありませんか？」

「そういうものですかね……。損失分を補填してくださるなら、採掘権は格安でお譲《ゆず》りしますよ。別の遺跡に早々に掛《か》かりたいので」

「それは結構。じゃあ、早速《さっそく》、契約書作りましょうか。ああ、あと金貨一〇〇〇枚」

ここまで稼《かせ》いできた分、かなり吹《ふ》っ飛ばす買い物ではあるが、それだけの価値はあるという直感がソウヤにはあった。

勇者時代から、時々感じた不思議な縁《えん》——いや嗅覚《きゅうかく》が訴えているのだ。ここに、何かあるぞ、と。

・・・

「いやー、あんたらがいなかったら、今頃《いまごろ》どうなっていたか」

ライヤーは自身の灰色髪をかきながら、子供っぽい笑《え》みを浮《う》かべた。

十二号遺跡、その朽《く》ちた建物の前。レイグらバルドラ商会の者たちは去り、ソウヤたちのみがいる。アイテムボックスから椅子《いす》とお茶セットを出して、晴天の下、休憩《きゅうけい》タイム。

「おれはライヤーってんだ。古代文明研究家であり、一応、冒険者でもある。それでこっちは、フィーア」

「フィーアです」

コクリと青い髪をショートカットにした少女が頷いた。見た目は十三、四あたりの少女だ。年齢《ねんれい》相応の可愛《かわい》らしい顔をしているが、人形と言われていただけあって無表情である。

一方のライヤーが、服装こそ上等だが、荒《あら》くれ者《もの》一歩手前の顔をしているので、ミスマッチな雰囲気が漂《ただよ》う。

「オレはソウヤ。銀の翼商会のリーダーをやってる。こっちは頼れる相棒のセイジ」

自己紹介《しょうかい》を済ませておく。

「何はともあれ助かった！　あんがとよ！」

ライヤーが頭を下げた。ソウヤは、お茶をすすりつつ頷いた。

「まあ、立て替《か》えだから、オレらが支払《しはら》った金は返してもらうけどな」

ボランティアではない。人助けは趣味《しゅみ》みたいなソウヤでも、自業自得案件の面倒までタダで見るつもりはない。

実質、バルドラ商会とライヤーの契約を引き継《つ》ぎ、彼《かれ》がバルドラ商会に与《あた》えるはずだった見返りの行方が、銀の翼商会に変わっただけなのである。

「ただ、ライヤー、あんたは必ず、この遺跡からお宝が出るって確信しているんだろ？」

「もちろん！　それは間違《まちが》いない」

「どうして間違いないんですか？」

セイジが問うた。当然の疑問である。ライヤーは自分のバッグから羊皮紙のメモを取り出した。

「この地に、天空人の島が落ちてきたっていう大昔の石版があったんだ。で、色々資料を調べまくった結果、それがこの十二号遺跡と呼ばれている場所だってのを突《つ》き止《と》めたのさ」

「へえ、天空人」

ひょっとしてクレイマンの遺跡だったりするのだろうか？　ソウヤは思った。セイジは首を傾《かし》げる。

「このバッサンの町の近くに遺跡が多いのは、その天空人の島と関係が？」

「ああ、近場の十号、十四号遺跡は、天空人のものらしいモンが見つかってる。ま、大したものは出てきてないけどな。だが両者の中間地点にあるのが、この十二号遺跡だ！」

ライヤーは目を輝かせた。

「そして、神殿か宮殿《きゅうでん》と思われる柱が、実際にこの遺跡で見つかった！　天空人のそうした建物には宝物庫があるってのが、これまでの天空人関係の遺跡でわかってるんだ。つまり――」

「つまり、ここにも天空人のお宝が眠っている可能性が高いってわけか」

ソウヤは頭上を見上げる。燦々《さんさん》と照りつける太陽。青い空に、例によって、かすかに見える歪み。

「高確率、ほぼ確定だろう」

ライヤーは断言した。

「バルドラ商会の連中にはそう言ったんだが……痺《しび》れを切らしちまって、あのザマさ」

「ふうん。それで実際のところ、どうなんだ？　宝物庫とやらは見つかりそうか？」

「……たぶん、もうちょっとだと思うんだが」

ライヤーが眉間《みけん》にしわを寄せた。

「地下を掘り進《すす》めていたが、建物の中なのは間違いないが、まだお宝は出ていない」

彼は別の羊皮紙をとって、ソウヤに見せた。

「あんたが今後のスポンサーになるから見せる。これが、今のところわかっている遺跡の中の図だ」

地下三階層ほど。一番上に、神殿を支えていただろう石柱があるフロア。その神殿敷地《しんでんしきち》内《ない》の下を掘り進めていたようだが、通路と小部屋がいくつかしか見つかっていないようだった。

覗き込んだセイジが口を開いた。

「すでに財宝は持ち出されているとか……？」

「バルドラ商会の連中が？　いや、それはねえな。見つかったらどの道、連中に入るわけで、おれらに黙って持ち出す理由はねえ」

「そうじゃなくて、発掘前——つまり、その天空人の島が落ちた直後に当時の人間に持ち出された可能性です」

「……それは、うん」

ライヤーは肩を落とした。

「その可能性は低いが、まったくないとは言いきれん」

微妙《びみょう》な空気が流れる。それをよそに、ソウヤは図と遺跡の位置関係を見比べる。図を回して、位置を――

「何やってるんだ、ソウヤ？」

疑問を向けるライヤー。ソウヤは立ち上がり、図を頼りに歩き出す。石柱の中心に向かうと、その頭上に例の歪みがあった。

「アレが見えるか？」

「何が？」

立ち止まり、見上げるソウヤに、ライヤーやセイジ、フィーアも目で追う。

「……何かあるのか？」

ライヤーには見えないらしい。沈黙《ちんもく》を守っていたフィーアが口を開いた。

「不自然な魔力《まりょく》の流れを検知」

「何だと⁉」

「何かありますね」

淡々《たんたん》というフィーアに、ライヤーは目を剥《む》き、必死にそれを探す。

「セイジ、見えるか？」

「すいません、僕《ぼく》にはよくわからないです……」

うーん、どういうことだろう――ソウヤは眉をひそめ、ふと、自分が天空人絡《がら》みの品を持っていることを思い出した。

「遮蔽《しゃへい》装置だ！」

突然《とつぜん》、叫《さけ》んだソウヤに、ライヤーとセイジがビクリとする。

「遮蔽装置……？　なんだそりゃ」

「天空人の技術でな。物体の周りを特殊《とくしゅ》な魔法の壁《かべ》を使って覆《おお》うんだよ」

勇者時代に聞いた話では、天空人が浮遊《ふゆう》する島や飛空艇《ひくうてい》を隠《かく》すことに使っていた。

「何でそんなことを知っているんだよ、ソウヤ⁉」

「オレも飛空艇を持っていたからな」

勇者の時、魔王《まおう》を討伐《とうばつ》する旅で乗り回した飛空艇は、天空人の遺産だった。当然、その遮蔽装置も搭載《とうさい》されていて、その起動のためのキーを保持する者には遮蔽が、不自然な歪みとして見えるようになっていたのだ。

そして、かつての飛空艇は魔王との戦いで撃墜《げきつい》されたが、起動キーはまだソウヤが持っていた。

「ちなみに、この遮蔽を解除する方法は、専用のキーを使うんだが……」

ソウヤは手頃《てごろ》な石ころを拾った。

「キーがない場合でも、あの歪みに強い衝撃《しょうげき》を与えると！」

ビュンと、勇者パワー全開の投石が歪みに命中した。すると、それまで空を映し出していたそれが消え、巨大《きょだい》な物体が姿を現した。

「こうして、遮蔽が解除されてしまう裏技《うらわざ》があるのさ」

十二号遺跡の神殿跡《しんでんあと》、そのすぐ上に現れた浮遊物体。真下にいるとただ天井《てんじょう》が浮いているようにしか見えないので、一度神殿跡から出て、形を確認する。

先に走ってそれを眺めていたライヤーが、ソウヤに言った。

「すげぇよ、旦那《だんな》！　神殿だ。こいつは宙を浮いてるぜ！」

――誰《だれ》が旦那だ。

ソウヤも、ライヤーやセイジの隣《となり》に行くと、確かに神殿の上層部と思《おぼ》しき形のそれが浮かんでいた。

高さ自体は二階建ての建物の屋根くらいなので、町から見えるようなものでもない。が、階段などはないので、ちょっとやそっとジャンプして届く高さではない。

「さて、どうやって上に行くか……」

「階段とか隠れていたり？」

セイジは言ったが、ライヤーは首を振《ふ》った。

「あれくらいなら何とかなるだろう。フィーア、行けるか？」

「行けます」

直後、彼女の背中が突然、音を立てて開き、バックパックじみたものが出てきた。少女の背中が開くという光景に、セイジが絶句する。

まるでSFに出てくるアンドロイドみたいだと、ソウヤは思った。――女性型はガイノイドというのだったか。古代文明時代の人形って凄ぇ。

ジェットパックとかロケットベルト的なバックパックがついたフィーアはライヤーを見たが、そのライヤーは何やら頭を抱えている。

「頭痛ですか？」

「いや、おれは伸《の》びる腕《うで》を使うと思ったんだ」

ちら、とソウヤとセイジを見る。

「ほら、二人が驚《おどろ》いてるだろ？」

「伸縮《しんしゅく》アームも、人を驚かせることに変わりはありませんが……」

――確かに。伸縮アームって、あれだろ。ロケットパンチみたいなやつだろ……。

ソウヤは思ったが黙《だま》っていた。ライヤーは言った。

「まあいいや。フィーア、ロープを持って、あの上に乗ってくれ。そこからロープを下ろして、おれらが登れるようにしてくれ」

「承知しました」

次の瞬間《しゅんかん》、フィーアは背中のパックを噴《ふ》かして飛び上がった。セイジが目を回しているが、ソウヤは「マジで飛びやがった」と、漫画《まんが》などで見たような光景に苦笑する。

「あの機械人形は、どこで見つけんだい、ライヤーよ」

「とある古代文明遺跡でな。……旦那は、あんま驚いてないんだな」

「驚いているさ。実際に目にするとな……」

ともあれ、道は開けた。上についたフィーアが、下にロープを垂らし、ソウヤとライヤーはそれで上へと登った。

・・・

荘厳《そうごん》なる神殿は、天井が高く、またいくつか大きな窓があった。外がよく晴れて日差しが入り、中は明るい。

壁面《へきめん》に刻まれた石のレリーフ。翼を持った人のモチーフが多いそれは、天空人の在りし日の姿を描《えが》いたのか。

古代文明がどれくらい過去かは知らないが、大昔という割には案外綺麗《きれい》だった。

「すげえな、こいつは……」

ライヤーが神殿内部を見上げながら、感嘆《かんたん》の声を漏《も》らした。ソウヤもまた、その雰囲気に自然と背筋が伸びた。

「さすがに生き物の気配はないな」

「だが防衛装置はあるかもしれねえな」

ライヤーが通路の端《はし》に見える像を指さした。ガーゴイルじみたバケモノの像だ。

「ゴーレムなら、まだ動くかもしれねえ」

「それはあるかもな」

ソウヤは斬鉄《ざんてつ》を抜《ぬ》く。ライヤーの目には、突然、巨大な鉄剣《てっけん》が現れたように見えた。

「旦那、ひょっとしてアイテムボックス持ち？」

「ひょっとしなくても、アイテムボックスだ」

「旦那は商人だよな?」

「冒険者でもある。あんたもそうだろ?」

学者であり冒険者でもあると名乗ったのだから。

「まあな」

マントの下から、ライヤーは拳銃《けんじゅう》を出した。

そう、それは拳銃だった。ただし、その昔、海賊《かいぞく》などが使っていたような、古風なデザインだったが。

「銃《じゅう》か?」

「ああ、魔法式のやつだ。古代文明遺産のひとつさ。……知ってるのか旦那?」

「実物を見たのは初めてだ」

魔法式というのが気になった。火薬を使うタイプではないということだろうか。

神殿内を進む。綺麗に成形された石の床《ゆか》は、歪みもなく真《ま》っ直《す》ぐだった。壁に仕込《しこ》まれた照明は、今は点《つ》いていない。

通路を進むと、絢爛豪華《けんらんごうか》な扉《とびら》がお出迎《でむか》え。

「いかにも、宝物庫っぽいな」

黄金の扉だ。しかも宝石がいくつか模様のように埋め込まれている。これだけでも、高く売れそうだ。

「罠《わな》はないよな？」

「さて、どうかな」

ライヤーは用心深く、扉とその周りを調べていく。

「大丈夫《だいじょうぶ》そうだ。だが鍵《かぎ》がかかってるか！」

押《お》したがビクともしない黄金の扉。もったいないが、ぶっ壊すか——ソウヤは斬鉄を握《にぎ》り込む。

フィーアが口を開いた。

「ライヤー、寝《ね》ぼけているのですか？」

「は？」

「その扉、押すのではなく、引くのでは？」

「え？　……あ」

どうやら、フィーアの指摘どおり、引くタイプだったらしく、扉が開いた。斬鉄を振り回さなくてよかったと思うソウヤである。

「鍵は掛かってなかったな」

部屋の中を覗き込むと、窓がないらしく真っ暗だったが、扉が開いたことで魔法の照明が立て続けに点灯した。

視界が一気に黄金色《こがねいろ》に満たされる。

「財宝だ！　やったぜ！」

ライヤーが声を弾《はず》ませた。金銀財宝が部屋に山となっているのが見えた。そしてその中央にある祭壇《さいだん》に、人影《ひとかげ》があることに気づく。

一瞬《いっしゅん》、警戒する。そこにいたのは、魔術師《まじゅつし》を思わすローブをまとう中年男性。がっくりと首が垂れ、祭壇にもたれかかり座っている姿は、さながら死体のようで——

「おいおい、先行者がいたのか？　いや……もしかして、こいつ天空人？」

祭壇のそれに銃を向けながら、ライヤーは言った。

「ここじゃ、時間が止まっていたんだなぁ……」

祭壇の人物は、死体だった。ただし体は腐《くさ》っておらず、やつれていることを除けば、生前とほぼ変わっていないようだった。

翼はないが、天空人だろうか？　物言わぬ骸《むくろ》は答えない。

「旦那、ここの財宝は、バルドラ商会との取引同様、半々で山分けだ！」

ライヤーは箱に詰まった金貨やその他、金や銀の細工を見ていく。

「もちろん、おれらの取り分から、立て替えてくれた金貨一〇〇〇枚は出す。いいな？」

「ああ、構わないぞ」

嗅覚に従った結果、立て替えに使ったお金を取り戻《もど》して、さらに財宝を手に入れた。ライヤーにとっては、宝は必ずあると信じた結果が結実したわけだ。

「よかったな、ライヤー」

「ああ、旦那のおかげだ！　絶対あると信じてたぜ！」

子供のような無邪気《むじゃき》な笑みを浮かべて、金貨の山にダイブするライヤー。いいおっさんが何をやっているんだか――ソウヤは苦笑する。

「一時はどうなるかと思いましたけど」

セイジが驚きと呆《あき》れの混じった顔で、お宝を見やる。

「よかったですね、ソウヤさん。銀の翼商会が潰《つぶ》れるようなことがなくて！」

「お金がなくても、ミスリルはたっぷりあったし、仮に宝がなくても商会が潰れるようなことはなかったぞ」

考えなしに立て替えた、などと思われるのは心外である。

お宝は見つけた。しかし、ここにはソウヤが探している回復薬やら秘薬はなかった。

……残念である。

「いやぁ、旦那のおかげで、財宝を見つけることができた！　感謝だぜ！」

「こうもあっさり見つかるとは思わなかった」

ソウヤは率直《そっちょく》な感想を言う。そもそも、例の遮蔽装置の歪みが視界に入らなければ、ライヤーたちや遺跡《いせき》と関わることなどまったくなかった。

ほんの少しのズレで、人生がまったく違うものになった瞬間という感覚に、ソウヤは身《み》震《ぶる》いした。

その時、フィーアが反応する。

「生命体が、遺跡に侵入《しんにゅう》」

「なに？」

ライヤーが顔を上げた。

「侵入者だと？」

「複数の反応……。こちらに近づきつつあります」

「くそっ、同業者か？　それともエオニオの連中か？」

「エオニオ？」

初めて聞く単語にソウヤが聞けば、ライヤーは苛立《いらだ》ちのこもった声を出した。

「天空人の遺跡を狙う怪《あや》しい秘密結社だ。遺跡採掘《さいくつ》している場所に現れては、見つかった資料や宝を奪《うば》っていくって話さ」

「盗賊《とうぞく》じゃないか」

「やってることは同じだな。何かでかい貴族がバックについてるらしいって噂だが……。まあそれはどうでもいい。くそっ、遮蔽装置がなくなって遺跡が現れたことに気づいた奴《やつ》がいるってことだ」

ライヤーは魔法拳銃《まほうけんじゅう》を握りしめた。セイジが不安な顔になる。

「話し合いは……通じないですかね？」

「見慣れない遺跡に気づいた普通《ふつう》の探索者《たんさく》って言うなら、それもあるかもだけどな……。どうなんだ、フィーア？」

「あまりよろしくないですね」

機械らしく無感動な調子でフィーアは答える。

「冒険者というには、動きが組織的です。明確に、こちらを探しているようです」

「……先行者探しは、エオニオの常套《じょうとう》の手口だって聞くぜ。邪魔者《じゃまもの》を排除《はいじょ》して、占領《せんりょう》してから調べるってな」

間違いなく敵、という顔をするライヤー。しかしソウヤは首を捻《ひね》る。

厄介《やっかい》な状況《じょうきょう》になってきているのはわかる。何やら戦う気満々な空気なのは、そのエオニオという組織が、かなり面倒という評判故《ゆえ》だろう。

――でも、まだそうと決まったわけじゃないんだよな……。

疑いはあっても、エオニオと決まったわけではないし、単に新たな遺跡を見て飛び込んできた冒険者《ぼうけんしゃ》集団の可能性がある。いきなり問答無用に『敵』と決めつけるのは、ソウヤの趣味ではなかった。

「なあ、ライヤー、ちょっと相手の正体確かめさせてくれないか?」

一方の言葉を鵜《う》呑《の》みにして、実はやってはいけない相手だった、というのは勘弁願いたいソウヤだった。

・　・　・

青いフードローブ姿の者たちが、二列縦隊で神殿《しんでん》通路を進む。一定の訓練は受けている集団だと、ソウヤは感じた。

確かに盗賊や冒険者らしくない。どこか軍隊じみた動きだ。それにしてもあの鮮《あざ》やかな青いローブ、どこかで見たような気がした。

――はて、どこだったか……そうだ、フルカ村だ!

彼らの先頭が、通路の真ん中に立っているソウヤに気づいた。目が合ったソウヤは声を掛ける。

「やあ」

武器なし。まずは敵意がないのを示すが。

「……！」

殺意を感じた。とっさにソウヤはアイテムボックスから大型シールドを取り出す。先頭の青フードがクロスボウを構えて撃《う》ってきた。金属製の重盾《たて》に、強烈《きょうれつ》な矢が突き刺《さ》さったが、何とか貫通《かんつう》は免《まぬが》れた。

「いきなりかよ！」

「問答無用！」

クロスボウの矢を装填《そうてん》する味方を避《よ》けて、後続の青フードがショートソードを向けて突っ込んできた。

――交渉《こうしょう》の余地なし。

殺意マシマシな様子からして、ライヤーの言っていたエオニオかもしれない。そちらがそのように来る以上、遠慮《えんりょ》はいらない。殺しにきた相手に過剰《かじょう》防衛なし、全部正当防衛だ。

ソウヤは盾を前に出して突進《とっしん》する。アイテムボックスから斬鉄を取り出し、左の敵をシールドバッシュ、右の敵を一撃粉砕《いちげきふんさい》！

「ソウヤ！」

ライヤーの声、そして魔法拳銃特有の銃声《じゅうせい》が響《ひび》いた。クロスボウの青フードたちが撃たれる。ライヤー、そしてフィーアもまた魔法拳銃を撃って、青フードたちを撃ち倒《たお》していく。ソウヤは近寄ってくる青フードを斬鉄で叩《たた》き潰し、全《すべ》て返り討《う》ちにした。

「青いローブにフード……本当にエオニオの連中って、青ずくめなんだな……」

ライヤーは倒した敵がまだ生きていないか確認する。

「やベー集団だって聞いていたけど、これはマジでヤバい」

「まったくだな」

ソウヤは斬鉄をアイテムボックスにしまう。

「挨拶《あいさつ》なしで、速攻仕掛《そっこうしか》けてくるとか、殺意しかない。本当に自分たち以外の遺跡にいるヤツを皆殺《みなごろ》しにする手合いなんだな」

天空人の遺跡とその中身を手に入れるためなら、容赦《ようしゃ》なく殺人が出来る集団。そこらの盗賊よりもたちが悪い。……そんな連中の仲間が、あのフルカ村にもいたと思うと、それまで抱《だ》いていた感情も逆転する。魔族《まぞく》の襲撃《しゅうげき》に巻き込まれた被害者《ひがいしゃ》から、あの辺境で何をやっていたのか、と。

「しかし、参ったな。こうも早くエオニオって奴らが、ここに乗り込んでくるなんて」

「この辺りは遺跡が多いから、連中も監視員《かんしいん》を置いているんだろうよ」

ライヤーは、青フードローブの死体を見下ろし、首を振った。

「とりあえず、ここを離《はな》れようぜ。こいつらのお仲間がやってきたら面倒《めんどう》だ」

「そうだな」

ソウヤは同意した。セイジが、ライヤーを見た。

「いいんですか？　遺跡の調査とかは？」

「とりあえず、一度出て様子見だ。奴らがどれくらいの規模かは知らねえが、噂になっているくらいだ。このくらいで全滅《ぜんめつ》ってもんじゃねえだろう。さすがにエオニオと本格闘争《とうそう》なんて、命がいくつあっても足りないと思うぜ」

「そうですか……」

「なんだ、坊主《ぼうず》？　言いたいことがあるなら、はっきり言わないとわからないぜ」

歯切れの悪いセイジを見かねたか、ライヤーは聞いた。

「僕たち、クレイマンの遺跡を探しているんですよ」

「クレイマン？　あのクレイマン」

どのクレイマンだ、とソウヤは思ったが黙っていた。ライヤーは目を往復させた。

「旦那たちは、あのクレイマンの遺跡を探しているのか？」

「今セイジがそう言ったぞ」

ソウヤが苦笑《くしょう》すれば、セイジは言った。

「ここの遺跡は、天空人の技術で隠されていたみたいですけど、クレイマンの遺跡ではない……？」

「神殿内のレリーフ、宝箱やその他の装飾《そうしょく》に天空人のそれがあったがな」

ライヤーは頷《うなず》いたが、眉間にしわが寄る。

「だが、クレイマンの遺跡なら、ここにあった財宝なんてメじゃない。ここは違《ちが》う」

その答えにソウヤとセイジは顔を見合わせる。ライヤーは表へ向かう通路を歩き出す。

「しかし驚いた。未《いま》だにあんな夢物語を信じてる奴がいるなんてな」

「天空人の遺跡を探しているあんたも、同類だと思うぜ？」

ソウヤがそう返すと、ライヤーは豪快《ごうかい》に笑った。

「ハハッ、ちげぇねえ！　おれらの界隈《かいわい》でも、そりゃあクレイマンの遺跡を探す奴はいるが、そんな簡単に見つかるようなもんじゃねえ」

「だろうな。でも、初回で天空人の遺跡は見つかった」

「いきなり当たりを引いちまうんだから、旦那はツイてるよな。そういうツキは、宝探しをする奴にとっちゃ必要な才能だぜ」

ライヤーが褒《ほ》めた。

「天空人の王クレイマン……。その昔、一大王国を築いた天空人の王。そいつが世界中から富をかき集めた。その量や山ができるくらいだったそうな」

大げさな身振《みぶ》りで、その大きさを表現するライヤー。心なしか、その表情は夢見る少年のようだった。

「だが王の宝物庫は、宝で溢《あふ》れた結果、その重みに耐《た》えられなくなった。そして地表に宝物庫のある島ごと落ちた……っていうのが、大まかな話だ。クレイマンの宝物庫、もしくはクレイマンの遺跡ってのは、つまりそういうことよ」

「ほー……」

普通に聴《き》き入ってしまった。ソウヤは、なるほどそれは一攫千金《いっかくせんきん》を抱く夢になり得ると思う。

ライヤーは指を振った。

「で、その本物のクレイマンの遺跡があるなら、こんな十二号遺跡の宝物庫なんて目じゃねえ！　島が重みで沈《しず》むほどの財宝だぞ！　こんなチャチな量のわけがねえ」

「確かに、伝説が本当なら、こんなものじゃないだろうな」

ソウヤは認めた。少し残念がるセイジに、ライヤーは言った。

「まあ、今のところ、この遺跡には、クレイマンを示すシンボルやレリーフはなかったからな。財宝の話が誇大《こだい》なもので実際は大したことがなかったとしても、ここじゃないのは確かさ。なあ、フィーア？」

「はい、それは間違いないかと」

話を聞いていたかわからないほど無反応だった少女が、ここで頷いた。

「そうですか」

セイジは納得《なっとく》したようだった。

――クレイマンの遺跡か……。あ、そうだった。

ソウヤはアイテムボックスを開く。

「ライヤー。専門家の意見を聞きたい。これはこの辺りだと思うがどこになる？」

フルカ村で発見した、青いローブの男――おそらくエオニオの一員が持っていたと思われる謎《なぞ》の地図。カマルからはバッサンの町の近くと言われ、魔法《まほう》学校の図書館で調べた時、書かれた古い資料にクレイマンの文字があったものである。

「……」

地図を受け取り、固まるライヤー。遺跡の出入り口まで来て止まってしまった彼に、ソウヤたちも足を止める。

「旦那、一つ聞かせてくれ。この地図どこで手に入れた？」

「拾いものだよ。オレたちは、その印がこの辺りだと聞いてやってきたんだ」

「この地図が本物なら……」

ライヤーが片手で自身の髪《かみ》をかいた。

「新発見じゃねえか!?　クレイマンの遺跡がここにあるって……いや、しかし、ここは
――」

「どこなんだ？」

心当たりがあるようなので重ねて聞いた。

「えーと、ここは二十一号遺跡の辺りじゃないかな……？」

「二十一号」

「それって、ミストさんやソフィアたちが行った――」

セイジが息を呑《の》んだ。モンスターが出る、いわゆるフリーの遺跡だったはずだ。

もしフルカ村にいたエオニオが、この地図を持っていたのなら、彼らも二十一号遺跡に来ているのではないか？　彼らが近くに現れたことを考えると、嫌《いや》な予感がする。

「皆《みな》と合流しよう。何かあったら大変だ」

・・・

「ところで旦那、ひとつ聞いていいか？」

ライヤーが問うた。ミストたちと合流しようと十二号遺跡から離れようと思った矢先だった。

「何だ？」

「あんた、さっきこう言ってたよな？　『飛空艇を持っていた』って……」

「……それがどうかしたか？」

何となく、嫌な予感がした。世間一般《いっぱん》の飛空艇は遺跡からの発掘《はっくつ》品か、国や上級貴族の限られた者しか保有していない。

銀の翼《つばさ》商会という小さな商会が保有していることに疑問を持たれたか――ソウヤは警戒《けいかい》する。

「いや、今も持ってたりしないかなって思ってな――」

ライヤーは自身の灰色の髪をかいた。

「もし、持っていると言ったら？」

「今回のおれの取り分で売ってくれないかなー……ってな」

「飛空艇を買う？」

「ああっ！　空は男のロマン！　おれは飛空艇で世界を見て回りたいんだよ！」

ライヤーは臆面《おくめん》もなく言い放った。

――ロマン。ああ、わかる。それわかるわ。

ソウヤも、飛空艇で空を自由に飛び回るという夢を持っている。しかし、そうとなれば売るという選択《せんたく》は考えられなかった。

「ライヤー、ひょっとして飛空艇とか機械に詳《くわ》しいか？」

「古代文明時代のもんを含《ふく》めて、ある程度な。おれが古代文明の研究をやってるのも、元はと言えば、そっちを研究するためなんだぜ」

ライヤーが胸を張れば、ソウヤは考え深げな顔になる。

「つまり……壊《こわ》れた飛空艇を直せたり？」

「壊れてるのか？」

真顔になるライヤー。ソウヤは頷く。

「修理しないと使えない。で、どうなんだ？」

「部品があればな。よっぽど凝《こ》ったもんじゃなきゃ直せると思うぜ」

「ふむ……。こちらも質問に答えよう。飛空艇を一隻《せき》持ってる。ただし修理が必要だ。しかし、こいつを売るつもりはない」

ソウヤはきっぱりと告げた。

「将来的に、銀の翼商会で仕事でも飛ばすことになる。それに、オレもあんたと同じで、飛空艇で世界を巡《めぐ》るって夢がある」

「夢……。そっか」

ぼりぼりと自身の髪をかきつつ、ライヤーは困った表情を浮《う》かべた。

本音を言えば、船が欲《ほ》しい。だがソウヤが夢だと言葉にした以上、それ以上にライヤーは強く出られなかった。同じ夢と聞いたら、理解はできるのだ。だが自分を差し置いて、譲《ゆず》れなんて言えない。逆の立場だったら絶対に、首を縦に振らないだろうから。

ライヤーが、どう言葉にしていいか逡巡《しゅんじゅん》する中、ソウヤは言った。

「だがな、さっきも言った通り、修理が必要だ。そしてオレは、飛空艇を直せる人材を探している。定期的に面倒を見られて、ついでに船長を任せられる人材をな」

「それって、つまり――」

「もしその気があるならやるか？　キャプテンシートは空いているぞ」

ライヤーは目が点になった。間抜《まぬ》け顔をさらして固まっている彼《かれ》を、フィーアがポンとその肩《かた》を叩いた。それでようやく我に返る。

「旦那はツイてると思ったが、どうやらツキはおれにもあったらしいッ!!」

叫ぶようにテンションが上がるライヤー。

「その船長に、志願してもいいかい、旦那!?」

「オーナーはオレ。仕事でどこにいくかは、オレの指示に従ってもらう。だが船長はあんただ。それでいいか?」

「ああ! ああ! 最高だ、旦那! いやオーナー!」

交渉成立! どちらからともなく出した手でがっちりと握手《あくしゅ》を交《か》わす。

「……とはいえ、まずは船を見てもらおう。直すにしても、専門家の意見が聞きたい」

「そうだな。いや旦那は話がわかる。銀の翼商会だっけ? 名前に翼があるのも気に入った! よろしく頼《たの》む!」

ということで、飛空艇修理の第一歩として、機械のいじれる人材をゲットである。

そこでふと、ソウヤはフィーアを見る。

「彼女《かのじょ》はいいのか? その、銀の翼商会に入ることについて」

「ライヤーが、そうするのならばわたしは従うだけです」

青髪少女がコクリと頷けば、ライヤーは口を開いた。

「きちんと紹介《しょうかい》していなかったな。彼女は、古代文明時代の自動人形なんだ」

自動人形――ロボットのようなものだろう。背中にジェットパックを内蔵。さらに腕も伸びるらしい。

「と言っても、動き出したのはおれが拾った時が初めてらしくて、肝心《かんじん》の古代文明時代のことは何にも知らねえみたいだがな」

ライヤーは、フィーアの肩に手を回した。

「おれをマスター、つまり主《あるじ》に選んだみたいでよ。その縁《えん》で、おれが面倒を見ているってわけだ」

「ライヤー、訂正《ていせい》を。面倒を見ているのはわたしの方です」

「家事とか食事とか、そういうこと言ってんじゃねえんだよ」

即座《そくざ》にツッコミを返すライヤー。今のやりとりを聞いた限り、主従関係というよりは、コンビのように感じた。

――まあ、オレは一人二人増えても、全然構わないけどな。

ライヤーの仕事のヘルパーとして、むしろいたほうがいいのではないか。意思疎通《そつう》もできているに違いない。また、自動人形とはどんなものか気になった。

ライヤーとフィーアを加えて、ソウヤとセイジは、ミストたちが向かったフリー遺跡へと向かった。

「ここだ、二十一号遺跡だ」

ライヤーがその入り口を指し示した。

平原地帯に螺旋状《らせんじょう》の下り坂があって、二十一号遺跡はその先の穴だった。

「普通にダンジョンみたいだな」

「モンスターが出るからな。まあ、人はあまり近づかないわな」

その分、どこかの組織が場所を占有《せんゆう》していることはない。自己責任の上で誰でも入ることができた。

中からのモンスターに対する備えなのか、丸太で組んだ盾のようなものが、三カ所ほど入り口近くにあった。正直、何の役に立つのかわからないが。

下り坂を降りながら、セイジはカンテラ型魔石照明を用意した。

いざ遺跡内へ。

外からは洞窟《どうくつ》のように見えたが、中はしっかり遺跡だった。朽《く》ちて崩《くず》れかけた建物の壁や、土砂《どしゃ》に混じって切り出された石材の床があった。

「聞こえたか？」

「ああ、何かいるな」

ライヤーは魔法拳銃をホルスターから抜いた。魔獣《まじゅう》の遠吠《とおぼ》えが聞こえたのだ。

メインの通路と思われる正面を道なりに進む。

「ここには前も入ったことがあるが、特にクレイマンの遺跡でもなかったんだがなぁ」

壁面の模様を見ながら、ライヤーは言った。

「今から千年くらい前のものだ。クレイマンはもっともっと昔のはずなんだ」

「なら、その地図は間違《まち》っていると？」

「可能性でいうなら、手のこんだ悪戯《いたずら》、何かの間違い——何でもあるさ。……本当にクレイマンの遺跡を指し示した地図って可能性もな」

道なりにドンドン下っていく。この分だと帰りは全部登りになる、とソウヤは独りごちた。

ダンジョンコウモリが問答無用で降ってきたが、フィーアが有無《うむ》を言わさず、魔法拳銃を発砲《はっぽう》し撃ち落としていった。凄《すご》い腕である。

セイジがカンテラを持ちながら魔法カードを用意したが、出番はなかった。

これといって強いモンスターがいなかったのは、先行した冒険者たちが狩《か》ったからか。

ダンジョンとしては少々拍子抜《ひょうしぬ》けしつつ奥《おく》へ進めば、ミストたちと合流した。

「おっそーい」

ミストの第一声はそれだった。

広い空洞《くうどう》だった。そして断崖《だんがい》のごとく切り立った壁《かべ》があって、そこに文字や獣《けもの》、人の頭などが彫《ほ》り込《こ》まれていた。

古代文明時代の遺跡の一部だろう。しかし、ソウヤはその手の知識がほとんどないので、意味するところはわからない。ライヤーは早速《さっそく》、それらを見上げるが、あまり熱心そうではなかった。前に来ていたと言っていたから、そのせいだろう。

ソウヤも壁面をチラ見しながら、ミストたちのもとへ。

「無事そうだな」

「正直、歯ごたえがなさ過ぎね。……そっちの二人は？」

「古代文明研究家のライヤー、それと助手のフィーア」

ソウヤが紹介すると、ミストは、フィーアをガン見した。

「その子、人間じゃないわね？」

「ああ、機械人形という、古代文明時代の掘《ほ》り出しモノだって」

「へぇ」

興味深そうな顔をするミストである。ソフィアが「人間じゃないの？」と驚いていた。

「専門家を見つけたのね？」

「そういうこと。例の地図を見てもらって、それがここらしいって言うんで、こっちへ来たわけだ。……どんな様子だ？」

ソウヤが問えば、ミストは槍《やり》を肩に担《かつ》いだまま、顔をしかめた。

「たぶん、もっと奥に行かないと駄目《だめ》ね」

ガルも頷いた。

「この辺りは、他にも入った者が多い。トラップの類《たぐ》いはなく、あっても解除されていた」

「まあ、そうだろうな」

ライヤーはニヤニヤした。

「基本開いているところは、一通り誰《だれ》かが確認《かくにん》した後と思ったほうがいい」

「すると、オレたちが探すのは――」

「十二号遺跡のように、まだ見つけられていない秘密の入り口だな。……あの地図が正しかったとして、だ」

「その口ぶりでは、そちらで何か見つかったのかね？」

老魔術師――ジンが腕《うで》を組んで言った。

「天空人の遮蔽《しゃへい》装置で隠《かく》されていた神殿を見つけた。ただし、クレイマンの遺跡ではなかった。……だが地図によれば、この二十一号遺跡は、クレイマンの遺跡と被《かぶ》る」

探していた場所らしいと聞いて、ミストは相好を崩した。

「面白《おもしろ》くなってきたわね」

「ああ、ここが本当にクレイマンの遺跡なら、伝説によると金銀財宝が山になっているだろうぜ」

ライヤーも声を弾ませれば、ジンは顎髭《あごひげ》を撫《な》でた。

「何をお宝とするかで、判断の分かれるところではあるだろうな」

――そうだ。オレにとっちゃ、金銀財宝より、復活薬や秘薬のほうが宝だ。

ソウヤはそっと心の中で付け加えた。

老魔術師は、視線をソフィアへと向ける。

「では、さっき言ったことをやってみたまえ。集中して――」

ソフィアは目を閉じた。何だろうと、ソウヤとセイジが顔を見合わせれば、ジンは声をかけた。

「魔力《まりよく》の流れは掴《つか》めたかね？」

「……風のようなものを感じるわ」

ソフィアは目を閉じたまま、何かを探《さぐ》るように顔を動かした。

「わたしたち以外に、人の気配は……なさそう」

「ワタシもそう思うわ」

ミストは、その空洞の奥を凝視《ぎょうし》している。

「もしお宝を探すなら、もっと先に行かないとね」

行きましょう、と黒髪《くろかみ》の戦乙女《いくさおとめ》は促《うなが》した。ガルが、ソウヤに顔を向けて『どうする？』と目で確認してきたので、頷きで返した。クレイマンの遺跡があるらしいので、引き返す手はない。

トラップに詳しいガルが、先頭のミストに追いつく中、ソウヤたちは、その後をゆっくりとついていく。地下洞窟にしては、かなり深いところまで続いているようだった。途中《とちゅう》、かなり狭《せま》い場所もあったが、人ひとりが通るには不都合はなく、そのまま奥へ。

「遺跡って言うから、もっと短いと思っていたんだけどー」

少し疲《つか》れたか、ソフィアが愚痴《ぐち》っぽく言った。セイジが高い天井《てんじょう》を見上げた。

「もう完全に洞窟って感じだよね」

「ちなみに、今のところ最深部とされている部屋は空っぽだぞ」

探索経験ありのライヤーが言えば、「え？」とソフィアが反応した。

「言ったろ？　もうこの遺跡は探索済だって」

「ところで――」

ミストが口を挟《はさ》んだ。

「この左側の壁の向こうに行く通路って、まだ？」

「左側？」

ライヤーは面食《めんく》らった。

「いやいや、そっちは壁だろう？　何もないぜ」

「通路、あるわよ？」

ミストは壁を竜爪槍《りゅうつめやり》で叩いた。

「さっきからこの通路と並行して、もう一本道があるみたいなんだけど？」

「おいおいおい、マジかよ」

ライヤーはその岩壁《がんぺき》を探るように、スリスリと触《さわ》り出した。手つきが厭《いや》らしい——とソフィアが冷たい視線を向ける。

「この壁の向こうに未発見の通路ってか⁉　マジで、その地図、クレイマンの遺跡を示していたのか！」

「ねえ、通路がないなら、ここ壊してもいい？」

ミストが深く考えていない顔で言った。古代文明研究家としては聞き捨てならないと、一瞬ライヤーは眉《まゆ》をひそめたが、すぐに肩をすくめた。

「ああ、やれるもんならやってくれ。この分厚い岩盤《がんばん》を、人間がどうこうできるもんじゃ

――って、おいおいおい！」

ミストが竜爪槍を振《ふ》り、狙《ねら》いを定めると岩壁を一突《ひとつ》きした。

竜《りゅう》の爪《つめ》を加工した槍は、岩にあっさり突き刺さり、亀裂《きれつ》を走らせる。ソウヤは首を横に振り、セイジも顔を背《そむ》けた。

次の瞬間《しゅんかん》、壁が吹《ふ》っ飛び、別の通路がお目見えした。ジンが目を丸くする。

「あーあ、これはこれは……」

規格外のパワーに驚《おどろ》きを隠せないのだろう。美少女姿のドラゴン様である。

ライヤーは顎《あご》が外れるくらい驚いていて、ソフィアも呆然《ぼうぜん》としている。フィーアだけは、人形だけあって変化はなかった。

「まだ続いているようね」

涼《すず》しい顔でミストは、通路へと踏《ふ》み込む。

呆然とするセイジ。ソフィアはこめかみを押《お》さえた。

「えーと……。ソウヤじゃないんだからあんなこと、普通はできないわよね。……ジン師《し》匠《しょう》、あれも魔法ですか？」

「……ああ、魔力をまとわせると同時に、衝撃波《しょうげきは》を叩き込んだんだ」

たぶんね、と言うジンに、ソフィアは言った。

「あれが魔法なら、わたしにもできる?」

「挑戦《ちょうせん》するのは自由だ」

ジンは、どこか視線を泳がせた。できない、とは言わなかったが、それにしてはいつもの断言するような発言ではない。

何か都合の悪いことを隠すように、ソウヤの目には映った。

——ひょっとして、ミストがドラゴンだってこと、爺《じい》さんは気づいてる?

魔力をまとった衝撃波と言ったが、それだけで強固な岩壁を粉砕《ふんさい》するには、もう一つ足りない。

おそらく不可能ではないが、今のはミストが上級ドラゴンで、そのパワーも加えたものだろう。真相を知る人間からすれば、ジンのそれは、正解からわざと逸《そ》らしたようにも見えた。

「ソウヤ」

前のガルが、早くと手招きした。どうやらミストはさっさと進んでいるらしい。話《はな》し込んで置いていかれるのも馬鹿《ばか》らしいので、いざ通路へ。

「おい、ライヤー」

「あ、ああ、すまねぇ。……つーか、旦那《だんな》のお仲間、凄《すげ》ぇな」

我に返り、ライヤーも足早に追いつく。

「さあさあ、未開の遺跡は、果たしてクレイマンの遺跡なのか」

「綺麗《きれい》に成形されている壁だ。明らかに、人の手が入っているね」

ジンが照明を展開し、暗闇《くらやみ》を照らす。

「間違いなく遺跡の中だな」

きっちりと整えられた通路。壁の模様など、明らかに建造物の中だった。割と広くて、武器を振り回すには充分《じゅうぶん》だ。

「どうだ、ライヤー？」

「何か、わかりやすいレリーフとかあるといいんだけど、まだわからねえな」

わかっていることは、とライヤーは唇《くちびる》の端《はし》を吊《つ》り上げる。

「ここはおれも知らねぇ場所ってことだ。未発見ってことは、まだお宝とかあるかもしれねえ……。やべぇ、ワクワクが止まんねえわ」

先を行くミストに追いつこうと速度を上げる。だがそれほど進まないところで、彼女は止まっていた。

「未発見の通路って言った？」

ミストが振り返らずに、足元のそれを見下ろしている。

「じゃあ、これは何だと思う?」

青いフードにローブをまとう男が倒れていた。ライヤーは顔を歪《ゆが》める。

「こいつは……!」

「エオニオか!」

ソウヤもそれに気づく。すでに死んでいるようだが、二人、三人と倒れていて、さらに
――リザードマン、オークといった死体も転がっていた。

「魔族の死体もある。まるで争ったみたいに」

意味がわからない。ソフィアが口を開いた。

「なにその、エオニオって?」

「秘密結社みたいだよ」

セイジが、ライヤーから聞いた話を説明した。遺跡採掘者にとって敵であることも。

「何でそんなヤバイのがここで死んでいるのよ!? しかも魔族と」

「どうやら、他《ほか》に正規の入り口があって、互《たが》いに争ったようだね」

ジンがそう推測した。ソウヤは首を横に振る。

「ただでさえ、エオニオだけでも面倒だっていうのに、ここで魔族まで出てくるとか。

……あいつらもまさか、天空人の遺跡探しでもしているのか?」

「魔族って言うとあれだろ？　十年前に撃退《げきたい》されたっていう。大昔、天空人は強力な兵器も扱《あつか》っていたらしいし、それ目当てかもなぁ」

ライヤーはため息をついた。兵器か――ソウヤは表情を引き締《し》めた。最近、魔王《まおう》軍の残党の動きも頻繁《ひんぱん》に見かけている。古代の兵器を探しているというのも、人類への復讐《ふくしゅう》を企《くわだ》てている魔族を考えれば、有り得なくなかった。

「そうなると、確かめないといけないな。魔王軍の残党に、そんなヤバイものが渡《わた》るのは見過ごせない」

「同感だ」

老魔術師《まじゅつし》は頷いた。ミストが相好を崩す。

「じゃあ、先に行きましょう。連中の臭《にお》いが漂《ただよ》っているわ」

・・・

探索《たんさく》は続く。遺跡を進んでいくと、所々にエオニオ構成員や魔族兵の死体があった。さらに――

「うげ、何こいつ……人間じゃない……？」

ミストが、とある騎士甲冑《きしかっちゅう》をまとったそれに声を上げた。エオニオカラーの青ではなく、さらに魔族でもないものが壁を背に倒れている。

動かない騎士のようなそれは、腹に大穴が空いている。ドロドロと流れ出ているのは青黒い液体。この騎士もどきの血だろうか。

ソウヤはしゃがみ、騎士の兜《かぶと》、そのフェイスガードを上げる。

「うわ……」

見たことがないしわくちゃ化け物の顔があった。すでに死んでいるようだが、獣人《じゅうじん》ではなさそうで、亜人《あじん》のようだがこれといって種族がわからない。

「人工生命体かもしれないな」

ジンが、ソウヤの後ろから覗《のぞ》き込む。

「こいつを知っているか爺さん？」

「似たような人工の怪物《かいぶつ》なら何度か見たことがある。差《さ》し詰《ず》め、この遺跡のガーディアンだろう」

とりあえず、装備と遺体をアイテムボックスに回収しておく。

「しっかし、せっかくの未開拓《みかいたく》の遺跡探索だってのに、ちっともノらねえや」

ライヤーが愚痴った。先にエオニオや魔族がいるとわかっているのは、探索する者としては面白くないのだろう。

「それにしても道は結構入り組んでるなぁ」

「中の地図はないんだ。どこを進んでいるかわからなくならないか?」

ソウヤが言えば、ライヤーは皮肉げに口元を歪めた。

「最初からどこを進んでいるかなんてわからねえさ。旦那の言うとおり、地図がねえからな」

「え……?」

ソフィアとセイジが目を見開く。

「それって、迷子ってこと?」

「そういう意味じゃねえよ。初めて入る場所なんて、わからないもんだって話。心配するな。帰りの道順はおれもフィーアもちゃんと記憶《きおく》してる」

「お任せを。ライヤーが忘れても、私が記録していますから」

機械人形の少女は事務的に答えた。

さて、迷路《めいろ》のような通路を進む一行。ミストが強い魔力の場所に誘導《ゆうどう》してくれるので、迷っている感覚はなく、ズンズン先に進んでいる。ライヤーは言った。

「死体が道案内してくれてるしな」

魔族もエオニオも、例のガーディアンと三つ巴《みどもえ》の戦いをやっているようだ。

途中、見かけた小部屋などで拾いものをした。もっとも、大半は劣化《れっか》によって使い物にならなかったし、すでに持ち出されたか空っぽだったりした。

「エオニオの奴《やつ》らかな?」

この時ばかりは、ライヤーも恨《うら》めしそうな表情を隠さなかった。

やがて、剣戟《けんげき》と怒号《どごう》、悲鳴などの戦場音楽が聞こえてきた。

「派手にやってるな」

ソウヤは皆に静かにとジェスチャーをした後、ひっそりと通路から奥の広い部屋を覗き込んだ。

――うわぁ……。

あまり見たくなかったが、部屋の中央を挟んで、青ローブ集団と魔族兵の集団が激しく戦っていた。傍《かたわ》らにきたミストが眉をひそめた。

「戦争ってやつね」

「敵同士が潰《つぶ》し合っている感じだな」

ここは漁夫の利を狙って、様子見をするべきか……。

「あ、ソウヤ。奥を見て！　あいつらがいる！」

ミストがそれを指さした。

石造りの大部屋の奥に、さらに先に行く通路があって、その前ではガーディアンが複数守りを固めていた。だがエオニオと魔族兵《まぞくへい》がそれぞれ攻《せ》め込んでいて。

「グラ村を襲《おそ》ったあいつらか！」

仮面の魔族――小男デ・ラと大男バルバロのコンビがいた。……リザードマンとダークエルフの魔女《まじょ》はいないようだが。

「こんなところで何をしている……ってのは愚問《ぐもん》か？」

「さあね。とりあえずこの遺跡に奴らも来ていて、青い変な集団と戦っている」

ありのままをミストは口にした。クレイマンの遺跡を探しにきて、このような面倒《めんどう》に巻き込まれるとは。

そうこうしている間に、ガーディアンを突破《とっぱ》し、エオニオが奥へと駆《か》けていく。

「待ちやがれっ！」

仮面のデ・ラ、バルバロもガーディアンを引き裂《さ》いて後を追う。見守っていたミストが声を上げた。

「行っちゃうわよ！」

「えい、くそ、こういう遺跡の奥ってのはお宝があるって定番なのに！」

お宝がどうとか言っている場合では、とソウヤは思ったが、ここがクレイマンの遺跡だったとして、秘薬や復活薬を探している身としては、的外れではなかった。ジンが言った。

「追いかけるかね？」

「この騒動《そうどう》を突っ切って……行くしかねえよな」

エオニオと魔族兵の戦闘《せんとう》を避《さ》けて通るのは不可能である。魔族のほうはグラ村を襲った二人組がいた時点で、人間とは敵対している連中と見て間違いない。

問題はエオニオの方だ。遺跡のお宝を占有するためなら、無関係の人間でも排除《はいじょ》するという問題集団である。ここがその遺跡であることを考えると、ロクなことにならないだろう。先の十二号遺跡での問答無用の襲撃《しゅうげき》をみれば、先制攻撃《こうげき》を仕掛《しか》けても仕方ないところはある。

「ソウヤ？」

ミストが黙《だま》り込んでしまったソウヤに声をかける。

「何か心配？」

「エオニオの連中が危ないのはわかる。わかるんだけど……こっちから仕掛ける気がどうにもな」

何故《なぜ》だろうか。ソウヤの中で躊躇《ためら》いにも似た感情が込み上げてくる。その理由を考えて、気づく。

エオニオが今戦っているのが魔族だからだ。こちらが襲われたり、盗賊《とうぞく》が誰かを襲っているというなら、まだ交戦する気も起きるが、純然たる人間の集団で、まだ攻撃されてもいない相手に仕掛けることに抵抗《ていこう》があったのだ。十二号遺跡では挨拶《あいさつ》したら襲われたから、反撃《はんげき》も容赦《ようしゃ》しなかったが、この二十一号遺跡にいる者たちは、魔族と戦っているのだから、まだこちらとも話ができるのではないか、と思った。

思えばソウヤは、勇者として人間の敵と戦ったが、盗賊など以外の人間の集団との戦闘経験は、ほとんどなかった。

――甘《あま》いんだろうな、これ。

「じゃあ、突っ切れば？」

ミストは、あっさりと言い放った。

「それで攻撃仕掛《しか》けてくる奴は返り討《う》ち。それ以外は無視でいいんじゃない？」

実にシンプルだった。それができれば、悩《なや》みはしない。ソウヤ自身は、実のところミストの案に大賛成なのだが、仲間たちを見渡《みわた》し、それが可能なのか不安だった。

ガルは問題ない。彼は器用に立ち回れる。ジンも見た目は老人だが、以前見た実力からすればできなくはない。ミストは言うまでもない。不安なのは、ソフィアとセイジ、あとライヤーもか。混沌《こんとん》とした場を突っ切る過程で落伍《らくご》するようなら、命が危ない。

「心配ない」

ガルが口を開いた。

「俺《おれ》がフォローをする」

ソウヤの視線から、考えを見通したように暗殺者の青年は言った。ジンを見れば、老魔術師も頷《うなず》きで返した。

「よし。じゃあの場を突っ切って、奥を目指すぞ」

「ひぇ、マジかよ」

ライヤーが魔法銃《まほうじゅう》に弾薬《だんやく》を入れ替《か》えるような作業をしながら首を振った。

「なんだ。何ならここで待ってるか？」

「冗談《じょうだん》。お宝があるかもしれねえのに、足踏《あしぶ》みできねえよ」

「なら、結構――じゃ、行くぞ！」

ソウヤは斬鉄《ざんてつ》を手に、大部屋に先陣《せんじん》切って突入《とつにゅう》した。

リザードマンが早速、こちらに気づき、ナタのような剣《けん》を振り上げたが、加速で突っ込んだミストの竜爪槍で串刺《くしざ》しにされた。

「ほらほら、道を空けなさーいっ！」

戦っているエオニオ、魔族兵らが、ソウヤたちの突入に気づく。しかし、今戦っている相手を無視して移動はできない。相手を倒《たお》し、近くにいた者たちが身構えるが、エオニオ側は戸惑《とまど》い、一方で魔族側は関係なく突っかかってきた。

——魔族からしたら、どっちも敵だもんな！

向かってきたオーク兵を一撃粉砕《いちげきふんさい》するソウヤ。エオニオ側は、同じ人間だけあって、ソウヤたちが何者か見定めてからでないと攻撃できない。エオニオの上層部が雇《やと》った傭兵《ようへい》の増援《ぞうえん》かもしれない——とか。

——それはないか。

考えてもわからないことは無視しよう。その時、ライヤーのぼやきが聞こえた。

「こんなことなら、あの青フードローブをかっぱらってくればよかったぜ」

エオニオ構成員に成りすます——その手があったか、とソウヤは感心した。もう手遅《ておく》れだが。

双方《そうほう》の戦いに割《わ》り込んだ結果、思ったよりあっさりと通り抜《ぬ》けることができた。最後などは、ガーディアンをエオニオと魔族兵が押さえている中、通過する格好になった。

——漁夫の利、漁夫の利。

再び細長い通路を駆け抜ける。仲間たちの脱落《だつらく》がないことを確認し、ソウヤは安堵《あんど》しつつ、さらに進む。

「少し戦い足りないわ」

ミストが不満そうだったが、ソウヤは。

「奥に強い奴がいるさ」

デ・ラとバルバロという魔族コンビ。あと先に向かったエオニオ構成員も、ガーディアンを突破する実力はあった。

次の部屋に入る。石像――妙《みょう》にロボットめいたデザインの大きな石像が視界に入った。

先行した者たちがいるかと身構えたが、影《かげ》も形もない。

「行き止まりか？」

手分けして部屋を探す。ライヤーが気づく。

「お、こいつは――」

「ソウヤさーん！」

セイジが呼んだ。

「ここからさらに地下に行けるみたいです！」

石像の向こう側に、さらに奥、いや長い下り階段を見つけた。

「先に行った連中はここから下に――」

「マジかよ、スッゲぇ！」

「なんだ、ライヤー。いきなり大声出して」

突然《とつぜん》の声に振り返れば、古代文明研究家は、興奮を露《あら》わに部屋をぐるりと見渡す。

「旦那！　ここ、クレイマンだ！　クレイマンの遺跡だ！」

「ええっ⁉」

探していた遺跡が見つかったことに、さすがにソウヤも吃驚《びっくり》した。ライヤーはこの部屋のレリーフや構造、石像を見やり声を弾《はず》ませる。

「間違いねえ！　ここは伝説のクレイマンの遺跡だ！　あの地図、本当に本物だったんだ！」

伝説の天空人、クレイマン王。その手掛《てが》かりとも言うべき、遺跡にソウヤたちはいた。

「こいつは大発見だぞ！　フィーア、やったぜ！」

「よかったですね、ライヤー」

機械人形らしく、こんな時でも事務的なフィーアである。見守っていたセイジは生暖かいものを見る目になったが、ミストは腰《こし》に手を当て不満顔。

「で、どうするの？　追うの？　追わないの？」

魔族とエオニオ構成員が、すでに先にいるのだ。ここには石像がある以外、何もない。

そうであるなら、やることは決まっている。

ソウヤたち一行は幅《はば》の広い石の階段を下っていく。長い階段だ。帰りに上るのは大変だろう。

到着《とうちゃく》した先は、陸上競技場を思わす広さの地下フロア。そこにあったものに、思わずソウヤは言葉を失った。

数百体に及《およ》ぶ金属の像――マッシブなアイアンゴーレムのようなものが、軍隊のごとく整列していたのだ。

――中国にこんなのなかったっけ？　兵馬俑《へいばよう》だか何だか。

あれは人型だったが、こっちはがっしりしたゴーレム像で、遥《はる》かにガタイがいい。

「すっごい！」

ソフィアが、ゴーレムのようなそれが数百体も並んでいる光景に声を上げた。セイジも「凄いですね」と言い、ライヤーも感嘆《かんたん》のあまり声が出ないようだった。

数百はあるだろうゴーレムが整列しているが、身動きひとつしないのは、すでに稼働寿《かどうじゅ》命《みょう》を超《こ》えているからだろうか。専門家ではないソウヤにはわからないが、もしこれが動き出したら空恐《そらおそ》ろしい。

「これは動くのか？」

「ゴーレムだからな。動くだろう」

ジンがそっけなく言った。

「ただ、今は停止状態のようだ。こちらからちょっかいを出さなければ、大丈夫《だいじょうぶ》だろう。……わかったかね、ソフィア嬢《じょう》」

「へ？　え、ええ、もちろん！」

ゴーレムに触ろうとしていたソフィアを注意する老魔術師。これにはライヤーも上げかけていた腕を下ろした。

ガルは警戒《けいかい》しつつ前を行き、ミストも怪訝《けげん》そうに金属の像のように動かないゴーレムを睨《にら》む。

「先に行った連中はどこだ？」

「さあて、どうだろうな。すれ違《ちが》っていないのだから、まだこの先だろう？」

「ごもっとも。なあ、爺さん。この遺跡の正体は、ゴーレムの製造工場ってところか？」

ソウヤの推測に、ジンは頷いた。

「そうだね。これだけ並んでいるのは、その可能性は高いな。……できれば動いて欲《ほ》しくないがね」

この数百体が一斉《いっせい》に動き出したら――その光景を脳裏《のうり》に描《えが》いて、ソウヤは身震《みぶる》いした。

襲われたら多勢に無勢だ。

「劣化で動かないに一票」

「その賭《か》けは外れた時が洒落《しゃれ》にならないからやらない」

ジンは乗らなかった。

と、ミストが立ち止まった。

「聞こえる……。戦っているわ」

「噂《うわさ》をすれば、だな」

面倒なことになる前に追いつくべく走る。

ゴーレムの並んでいる場所を抜け、次の部屋に入れば、ガーディアンが複数体、倒れていた。そして青いローブをまとうエオニオ構成員と、仮面の魔族が戦っていた。

・・・

「紅蓮《ぐれん》よ、弾《はじ》けろ！　フレアボール！」

火球が青い魔術師から放たれる。両手に鎌《かま》を持った小柄《こがら》の魔族、デ・ラが飛んできた火球を切り裂く。

「効かねえんだよ、ニンゲンよぉ！」

「相手が魔族とは運の悪い――」

青い魔術師が杖《つえ》を振った。

「灼熱《しゃくねつ》の壁！」

「鬱陶《うっとう》しンだよ、てめェ！」

デ・ラは空中で見えない壁を蹴《け》ったように軌道《きどう》を変更《へんこう》して、炎《ほのお》の壁の魔法《まほう》を避ける。

「思い出した。てめェは、あれだ。あの青い奴の仲間のサピオだな？　炎使いのサピオ！」

「へえ、何故、魔族が僕《ぼく》の名前を知っているのかな？」

青い魔術師――その声は青年の声だった。フードを取れば、若く端整《たんせい》な顔立ちが露わになる。

「どうして知ってるかって？　ああ、そりゃ簡単だ。引き抜いた魂《たましい》を摘《つ》まみ食《ぐ》いしたやつの中に、てめェのお仲間もいたからよ。……ありゃ確か」

デ・ラの仮面の奥の瞳《ひとみ》が、キョロキョロと動いた。

「ゼントだったかな……そうだ、確かそんな名前だった。ヒャッヒャッ！」

「貴様……っ！　ゼントを殺したのか？」

「だったら？」

チラリ、と仮面の口から舌が覗いた。

「よくも同胞《どうほう》を……。殺してやるぞ、魔族！」

「あー、はいはい。殺してやるってよぉ、バーカ！　殺されんのはてめェの方だ！」

デ・ラが叫《さけ》んだ。

「この遺跡にあるモンは、オレらが手に入れる！　てめェらは邪魔《じゃま》なんだよ！」

「デ・ラ！」

「あん？　なんだよ、バルバロ――げっ⁉」

振り向いたデ・ラは、そこで相棒の大男バルバロが、ソウヤたちと戦っていることに気づいた。それどころか、ガルとミストが、近づいてくるのが見えた。

「あのカワイコちゃんと、なんだあのイケメン野郎《やろう》……」

「よそ見をしている場合かな！」

サピオが杖を向け、火の玉を連続して放った。

「ゼントの持っていた地図を手に入れてここに来たようだが、クレイマンの遺産を手に入れるのは我々だ！」

「地図ぅ？　んなもんは知らねえ！　オレは、ゼントって奴の魂の記憶から、この場所のことと兵器の伝説ってのを読み取っただけだ。だからこんな辛気《しんき》臭《くさ》い場所に来てんのよお！」

火の玉を掻《か》い潜《くぐ》り、デ・ラは片方の鎌を放《ほう》り投《な》げた。とっさに回避《かいひ》したサピオだったが、ブーメランの如く返ってきた鎌が、その背中を貫《つらぬ》いた。

「がはっ⁉」

「へへ、バーカ！　っとぉ！」

デ・ラにガルが襲いかかる。ショートソードの素《す》早《ばや》い斬撃《ざんげき》の連続に、残る左手の鎌で防ぐが。

「てめェ、覚えがあるぞ。あの獣人ヤローかっ！」

「魔族、殺す！」

カリュプス全滅《ぜんめつ》のきっかけを作った魔族への憎悪《ぞうお》、復讐心《ふくしゅうしん》がガルを突き動かす。

「わざわざここまで追いかけてきたってか？　とんだストーカーじゃねえか！」

「魔族、お前はブルハを知っているか？」

低く、ガルが問うた。しかしその目は獣《けもの》さながらに光り、殺意が剥《む》き出しだ。

「ああ？　ブルハ？　何だってんだ。てめェは、あのサキュバス・クィーンのストーカーかよ」

「知っているんだな！」

その瞬間、ガルが踏み込《こ》んだ。瞬《まばた》きの間の加速に、デ・ラは危《あや》うく飛び退《の》いて躱《かわ》す。

「いいの？　跳《と》んじゃって？」

ミストが迫《せま》っていた。竜爪槍を振りかぶり――突然、岩の腕が飛んできて彼女《かのじょ》をぶっ飛ばした。

・・・

「ミスト⁉」

ソウヤはその瞬間を見た。

デ・ラに飛びかかったミストだが、壁飾《かべかざ》りと思われた石像――ゴーレムが動き出し、彼女の側頭部を殴《なぐ》りつけたのだ。

ゴーレムの強打など、普通《ふつう》の人間なら頭粉砕で即死《そくし》。さっと血の気が引くソウヤ。しかし呆然としている暇《ひま》はない。

「ソウヤ！」

ジンの鋭《するど》い声。それまで戦っていたバルバロが大剣を振り上げて、ソウヤに迫っていた。だが間に割り込んだ老魔術師が剣を使って、その攻撃を弾いた。

一瞬《いっしゅん》、我を忘れた。そのことで、ソウヤはカッとなった。

「畜生《ちくしょう》め！」

バルバロの大剣が逸れている間に、ソウヤはジャンプして斬鉄を叩《たた》き込んだ。バルバロの仮面が割れ、その頭を胴体《どうたい》から引き離《はな》してしまう。

「爺さん、すまん」

とっさに庇《かば》われたことを詫《わ》びるのもそこそこに、バルバロを倒したソウヤは、ミストの方へと駆ける。

体中が熱かった。久しく忘れていた仲間が死に瀕《ひん》した時の怒《いか》り。――あのゴーレム野郎めっ！

敵は、先ほどまでの金属製ゴーレムと違い、岩のゴーレムだった。

その造形は鎧《よろい》をまとったロボットじみたスタイリッシュなもの。三角の頭部に魔物《まもの》のような四つの目が黄色く輝《かがや》いている。

高さは三メートルほど。だからジャンプしたミストを横から殴れたわけだ。さすがのドラゴンといえど、あの一撃《いちげき》は危ないのでは？　ソウヤの怒りが一気に燃え上がる。

岩のゴーレムの腕《うで》に爪状の突起《とっき》が生成される。この遺跡の番人かもしれない。頑丈《がんじょう》そうなボディに反して積極的に、ソウヤへと向かってきた。

「馬鹿野郎《ばかやろう》め！」

ミストのもとに駆けつけたいのに、邪魔をされて、ソウヤはいよいよ苛立《いらだ》った。

「よくも師匠を！」

ソフィアが杖を掲《かか》げた。

「サンダーボルト！」

杖の触媒《しょくばい》から凄《すさ》まじい電撃《でんげき》が放たれた。ゴーレムは左腕でガードするが、電撃は岩の腕を穿《うが》ち、そして砕《くだ》いた。

「無駄《むだ》よ！」

ソフィアが吠《ほ》える。

しかし、ゴーレムはひょいと後方へ跳躍《ちょうやく》して距離《きょり》を取ると、上半身を回転させた。するとなくなった腕の部分に土砂《どしゃ》が集まり、それは先ほどまで存在していた腕の形を形成した。

「うそぉっ⁉」

「ほう、再生能力があるのか」

ジンが顎髭《あごひげ》を撫《な》でる。その冷静さにソウヤは「感心してる場合か！」と声に出る。

一方、その隙《すき》に倒れたミストのもとにセイジが駆けつけた。

「大丈夫ですか⁉　ミストさんっ！」

「……ぬあっ！」

　がばっ、と頭を起こすミスト。意識はあった。頭から血が少し流れたが、強靱《きょうじん》な竜の生命力と再生力で傷はふさがる。

「ッ……よくもやったわね！」

「あの。ミストさん、だいじょう――」

　とんでもなく酷《ひど》い打撃《だげき》を受けたのだ。正直死んでしまったのでは、と恐《おそ》れていたセイジは、あまりに自然に起き上がるミストに唖然《あぜん》とする。

「ぶっ潰す！」

「ミスト！　無事だったか！」

　ソウヤは無意識のうちに相好を崩《くず》していた。仲間が無事動いているさまに安堵したが、そのミストが竜爪槍《りゅうつめやり》を軽く回した後、騎士ロボットのような外観の岩ゴーレムに突進《とっしん》した。

　ゴーレムの腕から伸《の》びる爪が、ミストを迎《むか》え撃《う》つ。激しく槍と爪がぶつかり、双方が後退する。

「おい、ミスト！　頭を殴られてるんだ。あんまり動くとヤバいぞ！」

「ワタシを何だと思っているの？　そんじょそこらのヤワな生き物じゃないのよ！」

　彼女の気迫《きはく》に、ソウヤはプッツンしているのはミストも同じだったと悟《さと》った。やられたらやり返す主義のドラゴンである。

ミストは再び、ゴーレムに向かった。そのゴーレムは腕をミストに向けると腕の爪を発射した。

「甘いッ!!」

槍を回転させて、飛んできた爪を弾く。さらに肉薄《にくはく》。渾身《こんしん》の一撃をゴーレムの胴体へと放とうとするミスト。

その胴《どう》に迫った槍は、しかし割り込んだゴーレムの腕に阻《はば》まれる。だがその腕が粉々に吹《ふ》き飛んだ。まるで岩が、砂に分解されたように砕けた。

「やっるぅ、さすがミスト師匠!」

ソフィアが喝采《かっさい》をあげる。そこへソウヤが突《つ》っ込む。

「ぬおおおおっりゃあああ!」

斬鉄の一撃を叩き込む。腕で阻止《そし》しようとしたゴーレムだが、盾《たて》代わりの腕が粉微塵《こなみじん》となる。――これで両腕がなくなった!

「もう一丁ぉ!」

ゴーレムの胴体に斬鉄を叩き込めば、その胴体を覆《おお》っている岩が剥《は》がれて、光る球が露わになった。

「見えた！　ゴーレムの心臓！」

　ミストが跳んだ。ゴーレムが動く。周囲から土砂が集まり、失った部位を再生させようとする。腕や、胸の装甲《そうこう》が復活すれば厄介《やっかい》だが。

「くぅたぁばれぇぇぇー！」

　ミストの絶叫《ぜっきょう》。竜爪槍がコアを刺《さ》し貫き、そして砕いた。その瞬間《しゅんかん》、ゴーレムの体だった岩がボロボロと砂に変わり、飛び散った。

　番人とおぼしきゴーレムを撃破《げきは》である。

「大丈夫か？　頭、殴られただろ」

「これくらいはね」

　ミストは皮肉げに唇の端を吊り上げた。

「油断するなってことね。それより——」

　視線は、ガルとデ・ラの方へ向く。

「何だ、何だってんだ、てめェはよぉおっ！」

　デ・ラの頭が飛んだ。

「ブルハのこと、知りたい……んじゃなかったのか、よ——」

「嘘《うそ》つきめ」

ガルが膝《ひざ》をつく。ボタボタと腹から血液が滴《したた》る。どうやらガルはデ・ラを倒したようだが、同時に傷を負わされたようだった。セイジが急いで駆けつけ、応急手当を始める。

ソウヤは屈《かが》む。

「ガル、大丈夫か？」

「ああ……魔族というのは、姑息《こそく》だ。ブルハのことを話すフリをして刺してきたから、返り討ちにした」

「そうか……」

ガルにとっては、古巣である暗殺組織カリュプスを潰したのが魔族のブルハである。仲間たちの仇《かたき》だけに、その行方《ゆくえ》を彼《かれ》は知りたいと思っている。

その時、ガタン、と何か重々しい音が響《ひび》いた。

「……何の音だ？」

ソウヤは室内に響いた重い音に顔を上げた。もう敵も、ガーディアンもいないはず。そう考えて見回し、一つ気づいた。青い魔術師――エオニオ構成員がいない。

「嫌《いや》な予感がしてきた」

「ソウヤ！」

奥《おく》からライヤーの大声が聞こえた。

「エオニオの魔術師が奥の部屋に入った！　何かヤバいぞ！」

「これは現代人の感覚から来る推測なのだが――」

ジンが駆け足でやってきた。

「たぶん、ゴーレムたちを一斉に操作する制御《せいぎょ》装置があると思うんだ。それを見つけ出したほうがいい」

数百ものアイアンゴーレムのようなものが整列していた大部屋を思い出す。手を出さなければ動かないと言っていたアレ。

「……さっき、妙な音もしたし」

「聞こえたな」

「あの魔族が、兵器の伝説がどうこう言っていた。あのゴーレムをまとめて動かす装置があったとしたら、彼らの狙《ねら》いはそれだったかもしれない」

「そんなものがあるなら、使われないように回収しないと！」

ソウヤたちは急いで、さらに奥へ駆ける。

ライヤーとフィーアがいて、金属製の扉《とびら》を開けようとしていた。中から閉められたのか……と思っていたら、フィーアが開けた。さすが機械人形。

室内にはエオニオの魔術師――サピオが血を流しながら何やら球体を持っていた。

「……同胞以外に、天空人の遺産を渡《わた》すわけにはいかない。死なば諸共《もろとも》ぉっ！」

サピオの手の中の球体が光った瞬間、銃声《じゅうせい》がして、その球体が弾かれた。転がっていく球体。ライヤーが魔法銃を構えていた。

「何をする気かは知らねえが、やらせねえよ？」

「……ツイてない」

サピオはガクリと倒れ、近くにあった台――いや、端末《たんまつ》のようなものに肘《ひじ》を当てながら崩れ落ちた。

「何か、触《さわ》ったらいけないもんに触らなかったか？」

ソウヤは胸騒《むなさわ》ぎを覚えて、エオニオの魔術師に近づく。

「死んだ、か。……爺《じい》さん、これだけど――」

ソウヤは端末らしきものを指さした。古代文明の遺産というには、妙に機械チックな作りだった。これを見て、何らかの装置と推測できるのは、異世界人であるソウヤとジンくらいだろう。

「何だこりゃ？」

案の定というべきか、ライヤーはわからないようだった。伝説のクレイマン王の遺跡《いせき》は、古代文明研究家の彼でも初見なのだ。

ジンが端末に向かっていると、扉の外を見ていたフィーアが声を出した。

「無数のゴーレムが、こっちへ向かってきています」

「ゴーレム？」

ミスト、そしてソフィアが扉へ移動して、外を見たと思ったら引き返してきた。

「動き出した！　沢山《たくさん》いたゴーレムが動き出したわ！」

ソフィアがパニックを起こしている。あの停止していた数百体のゴーレムが動き出したというのか。

「何で突然、動き出す⁉」

ライアーが叫ぶのと同時にバタンとフィーアが扉を閉めた。ズシンズシンとゴーレムと思われる重々しい足音がどんどん聞こえてくる。

「面倒なことになったな」

「数がヤバかった！」

ミストが目を見開きながら言った。

「あれを突破して出口に帰るのは、骨が折れるわよ」

——無理とは言わないんだ……。

しかし戦闘狂《せんとうきょう》のケのあるミストでさえ、そう言うのだから相当だ。セイジが血の気の引いた顔色になる。

「僕たち、ここに閉《と》じ込められたということですか……？」

「……」

ソウヤは視線を、端末を見ている老魔術師に向けた。

「爺さん、何か意見は？」

「どうやら、そこの魔術師は、ゴーレムの一斉起動スイッチを押《お》してしまったらしい」

ジンの言葉に、全員の目がエオニオの魔術師の死体へと向いた。倒れる時に触《ふ》れたのがそれだろう。

「それで、その装置で起動させられたのなら、停止させることができるんじゃないか？」

「一通り試《ため》したんだがね」

ジンは扉の方を睨む。かすかに扉を殴るような音がしている。普通の扉だったなら、もう破られていたのではないか。頑丈である。

「まだ動いているということは、止まらないということなんだろうね」

相変わらず、ゴーレムたちの足音が聞こえる。室内には窓があって、そこから外を見れば、多数のゴーレムが徘徊《はいかい》していた。

「いや、待て……」

ゴーレムたちが止まった。そして次々に方向転換《てんかん》すると、元来た道を引き返していく。

「戻《もど》るのか？」

「そんなお行儀《ぎょうぎ》がいい連中？」

ミストが皮肉げに言う。

「言うことを聞かない悪いゴーレムなんでしょう？」

「だとすると、よろしくないな」

ジンが険しい表情を浮《う》かべた。

「もしあれが、この遺跡の外に出てしまったら――」

「どうなるんだ？」

首を傾《かし》げる一同を余所《よそ》に、ジンはライヤーに言った。

「君の見立てでは、あのゴーレムは何だと思う？　土木用？　それとも戦闘用か？」

「……たぶん、戦闘用だ」

ライヤーは青ざめる。

「その端末で動き出したのに止まらないってことは、暴走してるってこった！　そんなゴーレムの大群が遺跡の外に出たら……他《ほか》の遺跡はもちろん、バッサンの町も危ねえ！」

暴走したゴーレムたちが人間や町を襲《おそ》う。数百ものゴーレムが押し寄せれば、ひとたまりもない。

「なんてこった……！」

止めないと──ソウヤは扉へと向かう。ライヤーが叫んだ。

「おい、旦那《だんな》！　どこへ行くつもりだ⁉」

「ゴーレムを止める」

「はあ⁉　無茶《むちゃ》だ！　いったい何体あると思ってるんだ⁉　ざっと見積もっても三百とか、もっといたぜ？」

「だが、あのままだと町が危ないんだろう⁉　見過ごせない！」

かつての勇者として、人として。

「ワタシも行くわよ」

ミストが頷いた。ソフィアは顔面蒼白《そうはく》であり、セイジは救いを求めるように年長者であるジンを見た。

「何か解決の手はありますか？」

「……ある」

老魔術師は静かに、しかしはっきりと告げた。

「あるのかよ⁉　そいつはどんな方法だ、ジイさん！」

ライヤーがジンのもとへ行く。忙《いそが》しい男である。

「この遺跡を破壊《はかい》する」

「⁉」

空気が凍《こお》った。ジンは顎髭を撫でながら言った。

「ゴーレムたちが出る前に、遺跡を爆破《ばくは》し、ゴーレムもろとも吹き飛ばす」

「ど、どうやって……？」

ソフィアが狼狽《うろた》えながら聞いた。ジンは、床《ゆか》に落ちていた球体を魔法で引き寄せた。

「これを使う」

「それは、エオニオの魔術師の……！」

サピオが持っていた謎《なぞ》の球体。死なば諸共、などと物騒《ぶっそう》な口振《くちぶ》りからして、爆発物《ばくはつぶつ》の類ではないかとソウヤは予感した。

「これは、古《いにしえ》の破壊兵器だ。これひとつで都市が吹き飛ぶと言われている」

「⁉」

「エオニオは、自分たち以外の者たちに遺跡が渡るなら、破壊するつもりだったんだろうな。今はそれを利用させてもらおう。少なくとも、これを使えば遺跡もろともゴーレムも消滅《しょうめつ》する。近くの町は救われる……」

「気は確かかっ!?　それ、おれたちも死ぬんじゃねぇか？」

ライヤーが叫んだ。セイジとソフィアが顔を見合わせる。ジンは顎髭を撫でた。

「確かに、普通なら我々も助からない。……普通ならね」

老魔術師の視線はソウヤへと向く。

「爆発の前に我々は、ソウヤのアイテムボックス内に避難《ひなん》する。あれはここと異なる異空間だ。その中にいれば、爆発をやり過ごせる」

「そうか！」

「アイテムボックスぅ？　いやいやいや」

納得《なっとく》するソウヤに反して、ライヤーは首を横にブンブンと振《ふ》った。

「アイテムボックスって、収納の魔道具だろ？　生き物は入らないんだぜ」

「それが……入るんだ。ソウヤのアイテムボックスは特別製だからね」

「名案だ。というか、それしかない」

ソウヤは頷《うなず》いた。

「その破壊兵器で、ゴーレムたちを吹き飛ばす。それが一番確実に、バッサンの町を救える」

「正気かよ。……遺跡を吹き飛ばすなんて！」

「ライヤー？」

「ここは、クレイマンの遺跡なんだぞ！　あの、伝説、のっ！」

頭を抱《かか》えるライヤー。

「古代文明の研究をする誰《だれ》もが憧《あこが》れ、夢と叶《かな》わないと諦《あきら》めて、でも心のどこかで伝説の遺跡を見つけてやるって思っている。……それが、今、ここにあるんだ！　目の前に！　できねえ！　そんな古から存在する遺跡を！　古代天空人の生きた証《あかし》、後世に遺された証明を、吹っ飛ばすなんて……！」

ライヤーは呻《うめ》き声をあげる。最初は夢物語と笑った。だが実際にクレイマンの遺跡と出会えたことで、古代文明研究家は子供のように興奮した。そう、夢は存在していたのだ。そんな幻《まぼろし》同然だったものが見つかり、しかしそれを破壊しなければならない。それはとても受け入れがたいことだった。

「人命がかかっている」

ソウヤはきっぱり言った。

「オレは遺跡の持つ重みってのを、あんたほど理解していないだろう。だが、ゴーレムたちを破壊しないと、大勢の人間が死ぬかもしれない。オレは、人命を優先する！」

「……っ」

ライヤーは歯を噛《か》み締《し》める。遺跡は大事だ。だが人の命と比べたら——彼の心は激しく揺《ゆ》さぶられる。

「取り返しがつかねえぞ。……クレイマンの遺跡は人類の財産だ」

「……人の命には代えられない」

「吹っ飛んだ遺跡は、二度と戻らねえんだぞ……。天空人の、クレイマンのいた頃《ころ》、その世界を知る術《すべ》が、永遠に失われちまう」

「失われた命も戻らない」

ソウヤは言った。

「天空人も、クレイマン王だってもういない。遺跡のために、バッサンの町の人々や、暴走ゴーレムたちを止めるまでに払《はら》われる犠《ぎ》牲《せい》……。それだって、失われたら戻らないんだぞ！」

「……」

重苦しい空気が漂《ただよ》う。ミストとフィーアは淡々《たんたん》と様子を見守り、ソフィアとセイジは苦しげな顔だ。壮絶《そうぜつ》な表情になっているのはライヤーである。

「ライヤー」

口を開いたのはジンだった。

「形あるものは、いつかは壊《こわ》れるものだ。天空人の遺跡も、かつてあったものが壊れ、滅《ほろ》びたものだ。今ある命と比べられるものではない」

老魔術師は穏《おだ》やかな口調で告げた。

「それに、クレイマンの遺跡など、生きていれば、また見つけることができるさ」

「ジイさん……」

「ここにしか残っていないと何故《なぜ》わかる？　誰が決めたのだ？　それを確かめるには、まず生きていなければな」

ジンは立ち上がると、球体をソウヤに手渡《てわた》した。

「やってくれ」

ソウヤは頷いた。ジンから破壊兵器の扱《あつか》い方《かた》を聞き、仲間たちはアイテムボックスハウスへと避難する。

――スイッチを入れたら放り投げて、オレは素早くアイテムボックスに飛び込む。

手順は簡単だ。間違《まちが》いなくできるようシミュレートするソウヤ。ライヤーがアイテムボックスに入りながら「すまん」と詫びた。何で謝《あやま》られたかわからなかったソウヤである。

「……いいさ」

全員の避難を確認《かくにん》し、ソウヤは兵器のスイッチを入れた。球体を手放し、アイテムボックスハウスへと退避《たいひ》。
そして、爆発がクレイマンの遺跡を飲《の》み込んだ。

エピローグ

二十一号遺跡と、それに隣接《りんせつ》するクレイマンの遺跡は完全に吹き飛んだ。

地面が崩れて、もしかしたら生き埋《う》めになるのでは、と心配したソウヤだったが、外を覗いてみれば、ぽっかりクレーターとなっていて、出入りはできた。

「……恐ろしい威力《いりょく》だ」

改めて、エオニオの魔術師サピオが使おうとしていた破壊兵器の凶悪《きょうあく》なまでの力に寒気を感じた。こんなものは、魔族もエオニオも持ってはいけない。

わからないといえば、エオニオという秘密結社のこと。二十一号遺跡に、天空人の遺跡があることを知った彼らは、あの遺跡を手に入れようとしていた。

踏《ふ》み込んだ者たちは、サピオ以下全滅してしまったから、組織の正体がわかるものは何もない。古代遺産を探している組織らしいから、今後も遺跡絡《がら》みでぶつかることはあるかもしれない。

人が集まってくる前に、遺跡だった大穴から脱出《だっしゅつ》し、一度バッサンの町へと向かった。

ゴーレムの残骸《ざんがい》がいくつか落ちているのを見かけ、すでに先頭はダンジョンの外に出かかっていたようだった。だが動いているゴーレムはいなかったので、遺跡破壊《はかい》は間に合ったのだろう。他に被害《ひがい》が出なくてよかった、とソウヤたちは安堵《あんど》した。

しかし、クレイマンの遺跡を吹き飛ばしたことで、ライヤーはガッカリしていた。歴史的大発見、伝説の天空人クレイマンと関係している遺跡となれば、一躍《いちやく》名が知れ渡るほどの偉業《いぎよう》となっただろう。

「大丈夫《だいじようぶ》。人の命がかかっていたんだ。たぶん、あれでよかったんだ、うん」

ライヤーも頭では理解していても、他の選択肢《せんたくし》がよぎって悩《なや》んでしまうのだろう。古代文明研究家としては、あの遺跡でさえ宝だったのだから。

時間が、気持ちの整理もつけてくれることを祈《いの》る。せめてもの慰《なぐさ》め、というわけではないが、ソウヤは、アイテムボックス内、その一角に収容されている飛空艇《ひくうてい》を彼に披露《ひろう》した。

「……っ」

その姿を見て、ライヤーは息を呑《の》んだ。船体にいくつも破損があるが、大まかな形は留《とど》めている。

「こいつは凄《すご》い。……王国が作ったもんじゃねえな。こいつは、古代文明時代の船だ！」

感嘆《かんたん》するライヤー。ソウヤは彼の後に続きながら、船を指さした。

「まあ、見ての通り、このままじゃ飛べないがな」

「見た感じは直せそうだが……やっぱ中の機械を見てみねえとな。旦那、中に入ってもいいかい？」

少し元気が出たようだった。ソウヤは頷く。

「もちろん。少々汚《よご》れているが、見てくれ。それでどうにかなりそうか、意見を聞かせてほしい」

許可を出すや否《いな》や、ライヤーは駆《か》けていった。夢と口にするだけあって、飛空艇に触りたかったのだろう。

「案外、元気そうね」

ミストがやってきた。あれだけ肩《かた》を落としていたライヤーだったが、飛空艇に取りつく様は、実にわかりやすかった。

「大丈夫、ソウヤ？」

「何が？」

「少し、アナタもガッカリしていない？」

「……そうかな」

自覚はなかったソウヤは、そう見えた理由を考えてみる。

――そうか。

「伝説のクレイマンの遺跡を見つけたのに、じっくり捜索《そうさく》することができなかったことかな」

アイテムボックス内の時間停止空間で復活を待っているかつての仲間たち。瀕死《ひんし》の彼、彼女らを死なせることなく、瞬時《しゅんじ》に復活させる秘薬などを探す機会だったが、調べる時間がなかった。仲間たちを復活させられたかもしれない治癒《ちゆ》アイテムなどがあったとして、それが失われたとしたら……。

町を救えたことはよかった。犠牲者《ぎせいしゃ》が出るのは望まない。だが、救えたかもしれない仲間たちが、そのままというのは、考えれば考えるほど苦しくなる。

「ただ……今回が最初で最後ってこともないだろう」

生きていれば、また見つけることができる――そうジンも言っていた。これまでだって、どこかの遺跡で見つけた聖石などで、復帰できた仲間もいた。何もクレイマンの遺跡が全《すべ》てではない。

「そうね。長く生きていれば、またチャンスもあるわよ」

ミストは快活だった。さすがは長寿《ちょうじゅ》のドラゴンというべきか。心の持ち方が違《ちが》う。

「悩んでいるのが馬鹿《ばか》らしい、な」

これには吹っ切れるしかないソウヤだった。

新しい仲間たち。そして飛空艇を修理して使うことができれば、銀の翼《つばさ》商会の活動範囲《はんい》も広がる。そうすれば、天空人やクレイマンの遺跡探しも捗《はかど》るに違いない。

ソウヤと、銀の翼商会の旅は、まだまだ続く。

あとがき

皆様ー、お久しぶりです、引きこもり未確認動物こと柊遊馬です。

『魔王を討伐した豪腕勇者、商人に転職す～アイテムボックスで行商をはじめました』三巻発売しました！　やりました。

某コロナウィルス感染症が5類に引き下げられたということですが、かかる時はかかるので、普段の生活には気をつけてお過ごしください。

個人的な話をすれば、ここ二年の引きこもり生活で、病気になることもなく健康で過ごすことができました。ですが、作家業のほうでは私はコロナの影響で被害を受けた作家の一人でもあります。

……えー、出版業界は、あまり関係なかったでしょ、と思われるかもしれませんが、初の外出自粛の煽りと発売日が被ったせいか、初期売り上げが伸びず、結果、二巻打ち切りを食らってしまったのでございます。……えっ、それ関係なくない？　と思われたかもしれませんが、某出版社担当編集者さんから、コロナ自粛の影響がなければ三巻出せたのに、

MAO WO TOBATSU SHITA GOWAN YUSHA SHONIN NI TENSHOKU SU

と直に聞いたので、少なくとも出版社はそう判断したようです。当時は、先行き不透明でしたから、ただでさえ出版不況と相まって、見切られたわけですね（書籍版より後に出たコミックのほうは好評いただき、現在も続刊しているので、あながち間違いではないかもしれない……）。当時は少なからず、業界にも影響が出ていたんですねぇ……。

と、何が言いたいかと言うと、この度、個人的には初の書籍版で三巻が発売できたということ！　ご購入頂きました皆様のおかげでございます！　やったぞーっ！

とはいえ、次が出るかどうかは、売り上げ次第なのでございます。故に先はわからないので、今後とも応援いただきますと幸いです。苦しいのは皆、同じ。それぞれ一緒に乗り越えていきましょう。

前置きが長くなりましたが、書籍版三巻です。今回も加筆、流れの修正を行い、Web版にない新キャラ、新組織が登場となりました！　秘密結社エオニオとは……本編を読んでいただくとして、Web版では、登場したのに、その後どうなったかわからないキャラクターたちの末路も描かれております。

そう、あのコンビです。……いや、どこかで決着をつけるつもりで出したのに、気づいたらWeb版本編終了までに結局出ずに終わっていたんです。登場一回、思わせぶりに逃げたのに、そのままだったというね……。

そんな彼らの最期が描けたのは、やり忘れた宿題が終わった気分です（笑）。

なお、Ｗｅｂ版は本編は終了したのですが、後日談を連載しています。各キャラクターのその後だったり、過去話だったり色々であります。

私の作品は、基本登場人物が多く、本筋の都合上、深く書かないキャラクターも少なくないのですが、少し深掘りをしたり、意外な一面だったり、きっかけだったりを描いておりますので、よろしければ、そちらもどうぞ。ノベルアップ＋、カクヨム、小説家になろうの各小説サイトで投稿しております。

それと、表野まつり先生の漫画版、豪腕勇者1巻、2巻発売中です（感謝！）。画で見る銀の翼商会の面々をお楽しみください。書籍版共々、よろしくお願い致します。

ここからは謝意を。ホビージャパン様、担当様、イラストを描いてくださっているギザン先生、書籍化に関わった全ての方々、そして本作をお手にとってくださった皆様、本当にありがとうございます。今後とも、どうぞよろしくお付き合いのほど、お願い致します！

それでは、またいずれどこかで。

小説第⑧巻は2023年10月発売！
作画／大前貴史
原作／明鏡シスイ
キャラクター原案／tef
8
信じていた仲間達にダンジョン奥地で殺されかけたが
ギフト『無限ガチャ』で
レベル9999の仲間達を
手に入れ
元パーティーメンバーと世界に復讐&『ざまぁ！』します！
週刊少年マガジン公式アプリ
「マガポケ」にて
好評連載中!!
作画：大前 貴史
原作：明鏡シスイ キャラクター原案：tef
コミックス
最新第⑧巻も
好評発売中！

信じていた仲間達にダンジョン奥地で殺されかけたが
ギフト『無限ガチャ』で
レベル9999の仲間達を手に入れて
元パーティーメンバーと世界に復讐&
『ざまぁ!』します!
「小説家になろう」
四半期総合ランキング
第1位
(2020年7月9日時点)
①～⑦巻
好評発売中!!
レベル9999で
圧倒的無双!!!!!!
明鏡シスイ
イラスト／tef

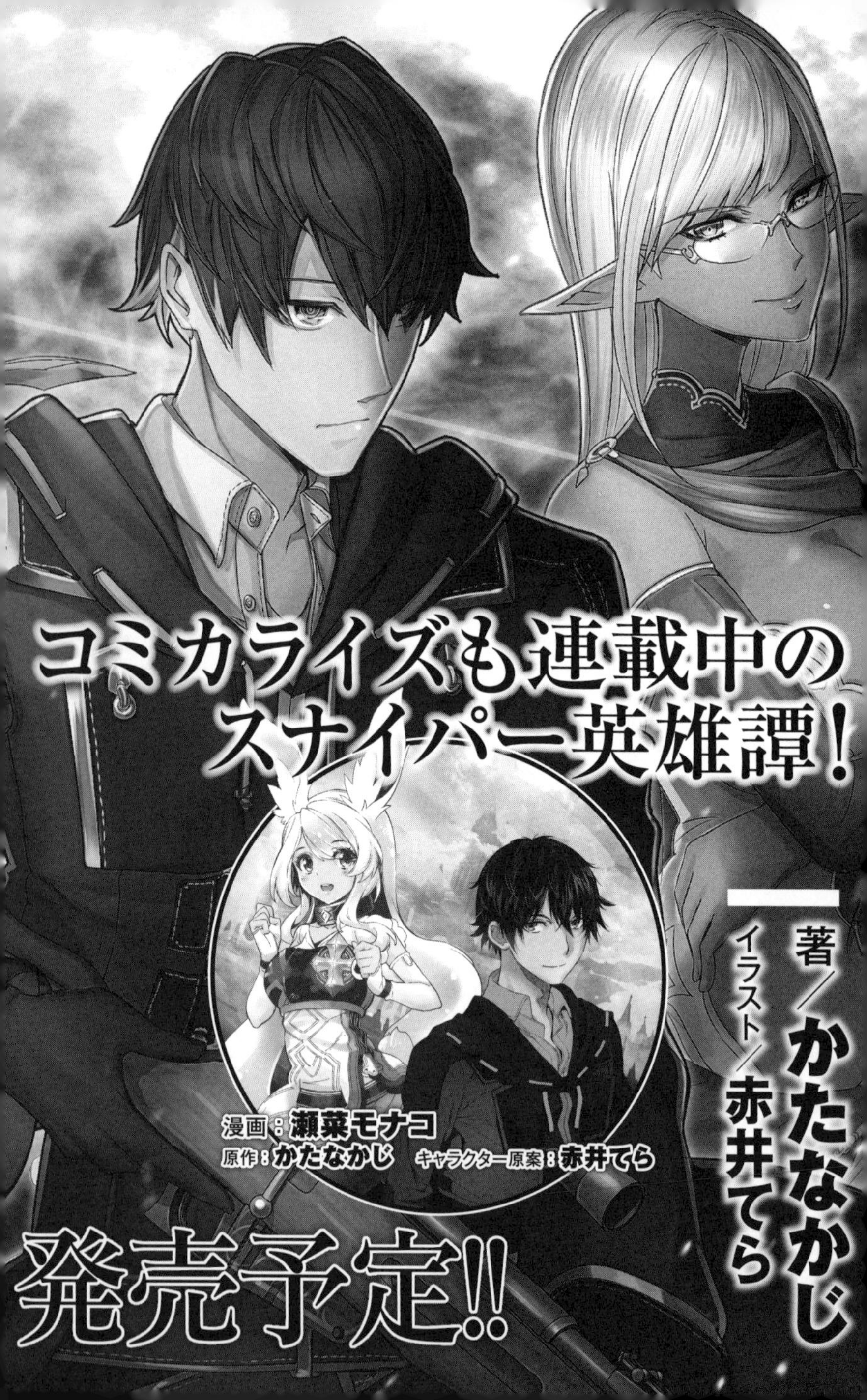
コミカライズも連載中の
スナイパー英雄譚！
著／かたなかじ
イラスト／赤井てら
漫画：瀬菜モナコ
原作：かたなかじ
キャラクター原案：赤井てら
発売予定!!

魔眼と弾丸を使って
異世界をぶち抜く!
第18巻 2023年秋

著／保利亮太
イラスト／bob
ローゼリア王国を
手に入れた
御子柴亮真の
躍進は続く――。
2023年秋発売予定！

コミック版も好評連載中！
漫画：八木ゆかり
原作：保利亮太
キャラクター原案：bob
コミックス
①～⑨巻発売中!!
ファイアクロス公式サイト
firecross.jp
ウォルテニア戦記XXVI

HJ NOVELS
HJN65-03

魔王を討伐した豪腕勇者、商人に転職す 3
～アイテムボックスで行商をはじめました～

2023年8月19日　初版発行

著者——柊遊馬

発行者—松下大介

発行所—株式会社ホビージャパン

〒151-0053
東京都渋谷区代々木2-15-8
電話　03(5304)7604（編集）
　　　03(5304)9112（営業）

印刷所——大日本印刷株式会社

装丁——AFTERGLOW／株式会社エストール

ISBN978-4-7986-3209-4　C0076

ファンレター、作品のご感想お待ちしております

〒151－0053　東京都渋谷区代々木2－15－8
(株)ホビージャパン HJノベルス編集部 気付
柊遊馬 先生／ギザン 先生

アンケートは Web上にて 受け付けております (PC ／スマホ)

https://questant.jp/q/hjnovels

- 一部対応していない端末があります。
- サイトへのアクセスにかかる通信費はご負担ください。
- 中学生以下の方は、保護者の了承を得てからご回答ください。
- ご回答頂けた方の中から抽選で毎月10名様に、HJノベルスオリジナルグッズをお贈りいたします。